La Increíble Historia de Mía Mayte Millett

LAS ALAS DE MARIPOSA

AE Martínez y Angela E Autores

Primer Tomo de
"AMOR EN LAS REDES"
La historia de Lynn Yun
Princesa que vivió su juventud como
plebeya, junto a su madre Mei Ling.
Su padre Wang Song
Heredero de una dinastía China.

Una historia de amor por las redes sociales.

Si compraste este
Segundo Tomo de
LA INCREIBLE HISTORIA DE
MIA MAYTE MILLETT
"LAS ALAS DE MARIPOSA"

Gracias

"Mei Lyng no sabía que Wang Song era heredero
de una de las dinastías Chinas"
Resumen del Tomo 1 de Amor en las Redes

Mei Lyng caminaba por las estrechas calles de Chendú, con el sol del atardecer bañando las antiguas casas de madera con tonos dorados. Era una bella joven llena de curiosidad y anhelos, pero también de responsabilidades hacia su familia. Mientras vendía algunas especias en el mercado, sus ojos se posaron en un joven apuesto que estaba discutiendo con un comerciante en la plaza.

Wang Song, con su porte noble y su mirada decidida, estaba tratando de comprar fruta. Había viajado desde la ciudad de Shangái al campamento de verano, con otros jóvenes. Mei Lyng no pudo apartar la vista de aquel joven, cuya presencia parecía iluminar el pintoresco y bullicioso mercado. Intrigada por su determinación, se acercó con paso decidido, dispuesta a ofrecer su ayuda.

-¿Puedo ayudarte en algo?; -Preguntó Mei Lyng con una sonrisa amable, Wang Song se giró hacia ella, sorprendido por su presencia, se quedó sin palabras y no pudo decir nada, solo la miraba.

Sus ojos se encontraron, y en ese instante, Mei Lyng sintió como si el tiempo se detuviera. -Había algo en la mirada de aquel joven que la atrajo de inmediato, algo que trascendía las palabras y conectaba con su alma, supo que Wang era su ¨principe azul¨-.

-Oh, disculpa, no quería molestar-

-se apresuró a decir Mei Lyng al notar la sorpresa en el rostro de Wang Song-.

El simplemente sonrió, una sonrisa cálida que iluminó su rostro y disipó cualquier tensión en el aire.

-Gracias por tu ofrecimiento de ayuda, solo quiero saber cuanto cuesta la fruta-.

-respondió Wang Song con cortesía-, admirando la belleza de la joven frente a él-.

A pesar de la breve interacción, Mei Lyng y Wang Song sintieron una conexión instantánea, como si fueran dos piezas de un rompecabezas que finalmente se encontraban. A partir de ese día, sus caminos se entrelazaron de formas inesperadas, enfrentando juntos los desafíos y las alegrías que les deparaba el destino.

Así comenzó la historia de amor entre Mei Lyng, la hija del comerciante de especias, y Wang Song, el heredero de una antigua dinastía China. Una historia marcada por la ilusión juvenil que los consumió en secreto, Mei Lyng no sabía diferenciar el bien del mal; sólo sabía que su corazón, latía con fuerza cada vez, que veía a Wang Song. -El estuvo 6 días en la aldea, y regresó, dos ocasiones más a mirar a su amada Mei Ling-. -Así que pasaron los años, y ellos no pudieron casarse debido a una tradición, Wang estaba comprometido, desde los 10 años, con una noble de su misma estirpe, una joven de otra Dinastía-.

30 años después se encuentran

Mei Lyng y Wang Song se enamoraron siendo jóvenes en la aldea Chendú; -Un lugar de recreo, donde los jóvenes de las grandes ciudades hacían campamentos- Chendú, tierra natal de Mei Lyng, madre de Lynn, donde conoció, se enamoró, y se entregó a Wang Song. De esa relación nace Lynn Yun. -La tradición es que no pude casarse un heredero con una plebeya-. Mei Ling siempre pensó: Porqué existen las tradiciones.

Era costumbre en las dinastías, que a los herederos los casaban con una joven, de la misma realeza y posición económica. -Mei y Wang, debido a las tradiciones, no pueden casarse-. Después de algunos años, se reencuentran y se dan cuenta de que todavía se aman-. El corazón de Mei Ling se rebelaba. Habían esperado demasiado tiempo para renunciar al amor.

Juntos caminaron hacia el río, donde habían compartido su primer beso. Se abrazaron, y las lágrimas se mezclaron con el agua. *El tiempo no puede separarnos, dijo Mei Lyng. Nuestro amor es más fuerte que cualquier tradición.

Y así, en la aldea de Chendú, Mei Lyng y Wang, recordaron lo que pasó en su juventud, su amor seguía ardiendo, como el sol en el horizonte. Hicieron un pacto de amor. Se propusieron pasar el resto de sus días juntos, y que nunca habría reglas. Que prevalecería la lealtad.

Las tradiciones que no se pueden cambiar

En nuestra juventud nos fué arrebatada la felicidad a causa de una tradición, hoy que nos volvemos a encontrar después de casi 30 años, vamos a aprovechar cada momento juntos, sabiendo que el tiempo es precioso y limitado. –Mei Lyng y Wang Song se sumergen en conversaciones profundas y momentos de ternura, redescubriendo la conexión de amor y ternura única que compartieron desde el principio.

A pesar de los obstáculos y las adversidades, deciden enfrentar juntos el futuro incierto que les espera. Mei Lyng, le comenta a Wang que padece una infermedad y que posiblemente no vaya a sobrevivir. Los médicos le diagnosticaron; que cada día es crítica su situación. Ella ha estado luchando contra su enfermedad por mucho tiempo y que nadie lo sabe. –Lynn Yun, su hija tampoco sabía–.

Wang le dice dulcemente, que con la fuerza del amor que siente por ella. va a luchar a su lado. Que todo va a salir bien, y que van a consultar a los mejores médicos de China para que sane. Mei quiere que la atiendan en en Chendú.

Juntos, exploran la belleza del parque donde Mei Lyng solía practicar Tai chi, encontrando consuelo y paz en la serenidad de la naturaleza. Cada día se convierte en una bendición, una oportunidad para compartir risas, lágrimas y recuerdos mientras se aferran el uno al otro en este viaje final; en el otoño de su vida.

Dos son más que uno; Si uno cae, el otro lo levanta

A medida que el tiempo avanza, Mei Lyng y Wang Song descubren que el verdadero amor no conoce límites ni barreras. Es un lazo que trasciende el tiempo y el espacio, y aunque sus caminos se hayan separado durante años; el destino los ha unido una vez más para demostrar que el amor perdura más allá de la adversidad.

-Ahora no estás sola, yó estoy a tu lado, le comenta Wang.

-El rostro de Mei, resplandecía al escuchar a su amado.

-Encontraremaos la medicina hermosa Mei, te lo prometo.

-Gracias amado Wang, soy tan dichosa de estar a tu lado

En el crepúsculo de sus vidas, Mei Lyng y Wang Song encuentran consuelo en el hecho de que su amor ha resistido la prueba del tiempo y la adversidad. Juntos, enfrentarán el futuro con valentía y gratitud por el regalo precioso que es tener el amor del otro para guiarlos en este último capítulo de sus vidas. Así, en medio de la belleza de la aldea Chendú, rodeados por la majestuosidad de los osos Panda y el susurro de los árboles, Mei Lyng y Wang Song encuentraran la paz y felicidad en los brazos del otro, sabiendo que su amor perdurará por toda la eternidad.

Después de enfrentar la dura realidad de la enfermedad de Mei Lyng. Wang y Mei se sumergieron en un viaje de esperanza, amor y determinación para superar los desafíos que se les presentaban se prometieron que !Nada ni nadie los podría separar nunca más y siempre estarían juntos!.

Con el apoyo inquebrantable de Wang Song, Mei Lyng se sometió a tratamientos médicos intensivos y adoptó un enfoque holístico para su salud, incorporando prácticas de bienestar físico, mental y espiritual en su vida diaria. Juntos, exploraron terapias alternativas y encontraron fuerza en la comunidad que los rodeaba.

A medida que el tiempo pasaba, Mei Lyng comenzó a notar mejoras en su salud. La enfermedad ya no dictaba cada aspecto de su vida; en cambio, encontró momentos de alegría y felicidad en las pequeñas cosas cotidianas que compartía con Wang Song.

El amor y el apoyo mutuo que compartían se convirtieron en su mayor fuente de fortaleza. Se aferraron el uno al otro en los momentos oscuros y celebraron cada victoria juntos. A medida que Mei Lyng recuperaba su salud, su vínculo con Wang Song se fortalecía aún más.

Finalmente, llegó el día en que Mei Lyng recibió la noticia de que estaba oficialmente libre de la enfermedad. Con lágrimas de alegría en los ojos, abrazó a Wang Songcon gratitud y amor, agradecida por su apoyo inquebrantable y su presencia constante a lo largo de su viaje. A pesar de que Wang era uno de los hombres más ricos de china Mei le pidió que la atendieran en un hospital del pueblo y él aceptó de mala gana, no entendía, pero hizo lo que le pidió su amada Mei Lynn, y se prometió que siempre respetaría sus desiciones.

Siempre soñaron estar cerca uno del otro

Juntos, Mei Lyng y Wang Song se embarcaron en un nuevo capítulo de sus vidas, lleno de esperanza, amor y promesas de un futuro brillante. Con cada día que pasaba, su vínculo se fortalecía y su amor florecía aún más, recordándoles que juntos podían superar cualquier desafío que la vida les presentara.

Así, Mei Lyng y Wang Song encontraron su final feliz, unidos en el amor y la gratitud por el regalo de la vida y el poder del amor para sanar y transformar incluso en los momentos más oscuros. Juntos, enfrentaron el futuro con valentía y optimismo, sabiendo que mientras estuvieran juntos, podrían superar cualquier obstáculo que se interpusiera en su camino.

Ellos pudieron escribir su historia
personal de éxito y felicidad.

Si te gusta la historia dame un me gusta.

Gracias a quienes compraron nuestro Primer libro de "AMOR EN LAS REDES". La historia de Lyn Yunn.

Agradecimientos:

A mi familia,

a quienes compran mis obras

y a todos mis

verdaderos Amigos.

Gracias.

"Amigos Si queremos agrandar los campos

de la felicidad, comencemos por nivelar el

corazón".

Prólogo

El Viaje que Cambió la vida de la Bella Influencer

En las bulliciosas calles de Los Ángeles, Mía Mayte Millett, se encontraba en la encrucijada de su vida. El sol californiano acariciaba su piel mientras sostenía su pasaporte y boleto de avión con entusiasmo y alegría. Beijing, la ciudad de los contrastes, la esperaba.

Su corazón latía aceleradamente por el entusiasmo. Dos semanas, la separaban de la capital de la República Popular China. El destino había tejido su camino, y Mía estaba lista para desplegar sus alas y volar hacia lo desconocido.

Los cheques de viajero, meticulosamente guardados en su cartera, eran su pasaporte a aventuras inexploradas. Las tarjetas de crédito, como pequeños tesoros, prometían experiencias culinarias, paseos por la Gran Muralla y noches bajo la luz de las linternas rojas.

La reservación de hotel, con su nombre grabado en caracteres chinos y en inglés, la esperaban en la gran urbe asiática. Allí, entre los aromas de jazmín, y el bullicio de la gente, Mía esperaba encontrar, los productos de belleza para empezar, su tienda en Amazon. Sabía que esos productos marcarían un parteaguas en su joven vida, eso la entusiasmaba; se aseguró la reservación de hotel fuera la correcta, igualmente, la dirección de la Expo "China para el Mundo". Que se llevaría a cabo en Beijing, China.

¿Quién es Mía Mayte Millett?

Mía, era una joven nacida en San José, California. Siendo niños sus padres se cambiaron a vivir a Los Angeles. Su padre era profesor de historia y le ofrecieron un puesto en LA. Sus padres la aconsejaban; querían que estudiara, una Licenciatura de Negocios Internacionales, sería ideal para ella y le gustó la idea que pondría en práctica; en cuanto regresara del país asiático.

Ella sabía que las redes eran el presente, y el futuro en los negocios, para lograr la prosperidad; y así mismo, escribir su historia personal de éxito y abundancia. En su blog, un video que subió de su partida a Asia se hizo viral, cada día tenía más fans; pidiéndole que subiera más contenido, de sus experiencias en Beijing, y ella los complacería, con entusiasmo; así era el carácter de la juvenil y bella influencer Mía, como le decían sus amistades.

Mía Mayte Millett es una líder natural, su carisma la ponía siempre al frente de sus compañeros de la escuela. Se dirige a Beijing. por una idea y un proyecto, previamente pensado. Al éxito le gustan las personas que toman acción.

Sus padres la apoyaron incondicionalmente. Tal vez sea una búsqueda de aventura, también un anhelo de descubrimiento; o una oportunidad de crecimiento, le decía su madre, pero hagas lo que hagas está bien porque, sales de tu area de confort y vas decidida a triunfar, y lo vas a lograr preciosa hija.

Capítulo 1

Mía Mayte Millett, quería iniciar un negocio por internet y decidió que iría a China para comprar productos de belleza por mayoreo, a la Expo "China para el Mundo". Y los productos que le gustaran les pondría su Marca Privada -Prívate Level-. Su negocio lo manejaría en el programa de FBA, para venderlos por internet en la tienda online más grande del mundo, la inigualable Amazon.

Hija de un profesor de historia americano; casado con una bella mujer mexicana de Guadalajara, Jalisco, México.

Ella después de salir de la escuela, hacia negocios de multinivel y ya estaba cansada de "andar tras los clientes".

Había ahorrado una buena cantidad de dólares, para costearse el viaje a China. Por esa razón cuando supo de la Expo en Beijing, China; decidió ir, sus padres la apoyaron incondicionalmente.

Mía Mayte era hermosa de pies a cabeza, los galanes del colegio siempre le hacían proposiciones, pero ella no hacía caso de ninguno; el único que "le movía el tapete", era un méxico-americano llamado Julio Cesar E. de la Torre, pero el era tímido y no se animaba a acercarse a ella. Y aunque ella le sonreía siempre, el no se atrevía a hacerle plática.

Julio Cesar vivía en el mismo barrio de Los Angeles donde vivía, Mía Mayte Millett y su familia.

El joven J. César, después de sus clases del colegio, trabajaba ayudándole a su padre en su Compañía de Lanscaping -limpieza y mantenimiento de yardas-. Y ella decidió que a su regreso de China lo invitaría a salir.

Mía Mayte Millett era bella y con pensamientos de prosperidad; alguien de su familia le comentó alguna vez, que se inscribiera para participar en el concurso de belleza Miss Universo, asegurándole que lo ganaría. En las redes sociales su popularidad crecía rápidamente.

Un mes antes de decidir ir a la Expo "China para el mundo". Había contactado a una compañía de productos de belleza, a travez de la plataforma de Alibaba. La compañía se anunciaba como una Corporación, pero en la plataforma Alibaba, solo tenía dos estrellas, Las estrellas te indicaban la solidez de la misma y cuanto vendía cada mes.

Subió contenido a su blog, pidiendoles a sus fans, sus opiniones. Las respuestas fueron contundentes: Tú puedes, eres "La Cenicienta de las redes sociales"; Mía solo sonreía; se oye bien eso de la Cenicienta, me gusta.

-Investigando encontró que en un mes se llevaría a cabo una Expo titulada "China para el Mundo"; se puso en contacto con los organizadores y les compró su boleto sin importarle que pasaría. Sabía que así no tendría otras alternativas; se dispuso salir de su area de confort. Mía Mayte Millett, sabía que si quería escribir su historia personal de éxito, tendría que arriesgarse-.

Capítulo 2

Mientras se acomodaba, en su asiento de avión, que la llevaría a Beijing; recibió una llamada de su madre, recordándole cuanto la querían y para que no se le olvidara, tomar todo tipo de precauciones, que no confiara en nadie.

Mía le contestó que Beijing era una ciudad muy industrializada y que los lugares a los que ella asistiría eran seguros. -Sólo iría del hotel a la Expo y a las fábricas y a las tiendas grandes de la gran ciudad de la china comunista-.

Su vuelo era largo y aprovechó, para revisar en su computadora, a otras compañías en la plataforma Alibaba, para mirar productos y accesorios que podrían interesarle.

La ilusión más grande de Mía Mayte Millett, la bella influencer, con cientos de miles de fans, era triunfar y que sus productos se vendieran bien en la super tienda online más grande y prestigiosa de el mundo, Amazon. Y que una vez que encontrara, lo que le gustara lo primero que haría era hacer su, -Marca Privada-, -Prívate Lavel-.

En su blog los fans le insistían, que se casara con un millonario chino. Ella lo tomaba como una broma y les seguía la corriente. Algo la inquietaba y no sabía que cosa era. El evento se llevaría a cabo en tres días, Mía llegaría al hotel previamente reservado a dos cuadras de distancia de la Expo, tendría un día completo para descansar y conocer algunos lugares de Beijing.

Mía hablaba, inglés y español, y también llevaba con ella un traductor de idiomas que compró en Amazon, que le podría traducir al instante, varios idiomas. Recordaba lo que decía; Vince Lombardi; «Los ganadores nunca renuncian y los que renuncian nunca ganan».

-Subió un video; -Qué me aconsejan-. -Tengo miedo de lo que me espera en el país asiático-. El video se hizo viral. De cientos de miles de seguidores, se fué, a más de un millón de respuestas y aprobaciones-. -Te amamos Mía, tú vas a triunfar, eres -La Cenicienta de las redes-, le decían-. Había uno que siempre le decía; te amo Mía; yó me casaría contigo; también le mandaba muchos correos electrónicos. -Gracias, muchas gracias, yo también los quiero mucho-, Contestaba la bella infleuncer.

"Todo lo que llega a tu vida, sea bueno o sea malo; tú lo atraes, y casi siempre es con los pensamientos y la imágenes que proyectas; tus sueños se convierten en realidad cuando usas las leyes universales para atraer abundancia". "Tus pensamientos y tus sentimientos, los tienes a diario quieras o nó; recuerda que son una fuerza, un objeto real, aprovechalos cada instante de tu vida". EA Martínez Autor y marino.

Mía sabía que las personas que no tienen abundancia, es porque la bloquean con sus pensamientos de escases; El universo sólo te dice; "Toca, Pide y Recibe", el dinero ya existe en el plano invisible, el dinero si lo sabemos usar en bueno.

Capítulo 3

Todo estuvo bien con su reservación en el hotel. Al otro día se levantó temprano, se puso su ropa deportiva y se dirigió al gimnasio del hotel para hacer sus ejercicios, después se metió a la alberca para hacer su rutina de nado de mariposa. -Siempre lo hacía en su casa, porque sabía que era la única manera de mantener su cuerpo saludable-.

Mía Mayte Millett presentía que los siguientes días serían duros y de trabajo intensivo. También sabía que tendría que ser muy inteligente para escoger los productos adecuados, para su negocio en internet, y poder tener éxito.

Quería aprovechar al máximo su estancia en la china industrial, y se puso a chequear que su grabadora, de mano funcionara bien, porque aunque su celular le serviría bien quería, que todo saliera de lo mejor. -Subió un video de la ciudad de Beijing a su blog-.

Después de arreglarse con un pantalón cómodo, y unos tenis para las caminatas en la Expo; fué a desayunar al restaurant del hotel. Al pasar todos los huéspedes se admiraron, de su juvenil belleza; ella no hacía caso, solo estaba interesada en comer, para tener fuerzas y aguantar el día. -Tenía que escoger que productos le convenían-.

Inmediatamente al terminar su desayuno, les hizo una video llamada a sus padres; desde el lobby del hotel, para informarles que todo estaba bien y que no se preocuparan.

Prefirió caminar a la Expo y conocer parte de Beijing. -La Expo estaba a dos cuadras de su hotel-. Manos a la obra se dijo; después de caminar un poco, llegó al estadio, donde se llevaría a cabo la Expo, le impresionaron las extructuras de la ciudad de Beijing.

Se registró en la entrada: Una vez con sus gafetes, que la acreditaban como visitante-visitor, se puso en acción. ¡Quedó impresionada, era todo lujo y en orden!. -Había información de cientos de marcas; y toda clase de productos-.

Mía Mayte Millett; sabía que se emocionaría, pero no se precipitaría, su plan era de que; el primer día sólo miraría y tomaría notas de todos los productos. Al siguiente día haría una evaluación para escoger el producto o los productos que enviaría a la única Amazon, con su prívate lavel; -marca privada-.

Cientos de miles de productos. compañías de dos, tres, cuatro y cinco estrellas. -Las estrellas indican la calidad y la seriedad de las Corporaciones, que se anunciaban en Alibaba, que era una de las plataformas que le interesaba a Mía. -Subió contenido en su blog que cautivaba a sus seguidores-. -Tu puedes Cenicienta le apoyaban-.

Mía solo compraría en Compañías de cuatro y cinco estrellas; al caminar por los pasillos del estadio; ¡Volvió a subir otro video de la Expo, que se hizo viral!. ¡No sabía que su vida daría un giro de 180 grados en Beijing!.

Capítulo 4

La hora del lunch, y escogió un restaurant vegano, solo quería comer verduras con mariscos. Una pareja de franceses se le acercó para invitarla que comer con ellos. La mujer hablaba bien el inglés y Mía aceptó. Parecían buenas personas y su trato era amable y con gusto los acompañó.

Platicaron de su compañía en Francia y de la Expo China para el Mundo, que era expectacular. Después de comer charlaron un poco y Mía se alejó para seguir con su plan de trabajo, y aprovechar lo mejor que pudiera su tiempo.

La tarde fué igual de exitante para Mía, aceptaba los productos de muestras que le obsequiaban y las tarjetas, con la promesa de que los tomaría en cuenta. Compró unos productos de maquillaje para probrarlos ella misma, pero ¡¡El cambio en su vida era inevitable!!.

Por la tarde ya cansada decidió retirarse a descansar al hotel y revisar sus apuntes y productos y hacer un análisis y estar lista para el día siguiente. !!Le esperaban situaciones que cambiarian su vida!!

En el hotel se encontró con la pareja de franceses y la invitaron a cenar con ellos en el restaurant-bar del hotel, aunque no tenía muchas ganas de estar acompañada, decidió ir por la insistencia de la pareja, parecían agradables además la cena era en el mismo restaurant del hotel, así de que no corría ningún peligro.

Después de darse una ducha, se puso un vestido azul que le hacía destacar su belleza natural. ¡lucía bellísima!, los huéspedes al pasar no dejaban de admirarla. La pareja de franceses ya se encontraban en el restaurant. Así transcurrió la cena, hablaron de los productos, eran agradables pero, "había algo", que no le gustaba a Mía. Sólo los acompaño a la cena y me retiro a desansar. Al terminar la cena ellos pidieron una botella de vino, al momento de que la orquesta empezó a tocar, y los asistentes se levantaron al son de la músiica romáantica.

La pareja de franceses se levantaron a bailar y la invitaron a que los acompañara pero ella les dijo que prefería mirar. Se quedó sentada observando y pensando que se iría pronto a descansar. La música era contagiosa, la mujer francesa la invitó a divertirse con ellos. -Era tanta su insistencia que no pudo negarse, y a regañadientes los acompañó-. Todo marchaba bien y Mía se empezó a contagiar del ambiente.

En la euforia del baile la mujer francesa la abrazó y le pegó su cuerpo a la hermosa Mía y la quiso besar en la mejilla, a lo que ella se negó y retiró su cuerpo. Aunque siguió bailando se retiró a la mesa, inmediatamente la pareja la siguió y pidieron que si los acompañaba a su habitación donde continuarían con la "fiesta".

-Ella se negó y la mujer le dijo casi al oído, podemos "divertirnos los tres"-. -Te va a gustar, nosotros somos de mente abierta-. -Disfrutamos más de la vida por lo que te invitamos si gustas-.

Capítulo 5

Al escuchar esta proposición Mía quedó anonadada y le pidió a la mesera que le diera su cuenta e inmediatamente se levantó de la mesa y se retiró; a pesar de la insistencia de la mujer que le decía que le gustaría. -Mía la miró con coraje y se retiró sin decir nada-.

Al entrar a su habitación, se aseguró de que todo estuviera en orden, por si fuera poco atrancó la puerta con una silla. Se sintió liberada y decidió darse un baño para descansar y reponerse de la sorpresa con la pareja de franceses. Ella no estaba en contra de lo que hicieran con su cuerpo otras personas. "No le importaba la vida de los demás".

Al salir del baño ya relajada, decidió olvidar lo ocurrido en el restaurant, y revisó su celular y las muestras que le regalaron. Ella tenía dos días para decidir cual sería la línea de productos que compraría para mandarlos a las bodegas de la increíble Amazon. "Mía no sabía que el universo tenía otros planes para ella en Beijing".

Temprano les haría una video-llamada a sus padres para mostrarles parte de la gran capital de la China Comunista. Mía no se dejaba llevar por la emoción. Sabía que la paciencia era su mejor aliada. No se precipitaría. Cansada pero satifecha por su trabajo, se recostó en el sofá del hotel, mirando las estrellas a través de la ventana, las estrellas en su cuaderno también brillaban, cuatro y cinco estrellas, indicando calidad y seriedad de las empresas.

Ya cansada se dispuso a acostarse y a soñar con su amado Julio Cesar de los Angeles, pensando si se le declararía en cuanto regresara y lo mirara. Sabía que si quería escribir su historia personal de éxito y abundancia; tendría que pagar el precio, por eso decidió salir de su area de confort y asistir a la Expo China para el Mundo; con esos pensamientos se quedó dormida soñando con su amado. -"Se casaría con JC. o con un millonario chino"- -"La vida nos dá muchas sorpresas".

-Mientras tanto en Los Angeles California, Julio Cesar le daba la noticia de que al salir de su trabajo por las tardes entraría a la Escuela de Real State para sacar su licencia y empezar a vender propiedades. -A Mía le pareció fantástica la idea.- Esa noticia entusiasmó a sus padres y estuvieron de acuerdo en apoyarlo.

Mía Mayte Millet se levantó temprano para ir al gimnasio del hotel y correr un poco y después hacer su rutina de nado de mariposa; desayunar y luego irse temprano a la Expo; La pareja de franceses estaban también desayunando; sólo los ignoró, después decidió hacerlo caminado, y seguir conociendo un poco más de Beijing.

Sólo quedaba un día del evento en la Expo y decidió que regresaría a los Angeles porque en 15 días harían un viaje a Guadalajara, México, junto a su familia a una boda de una prima, que se celebraría en Puerto Vallarta. -El novio de la prima era de ese puerto-. Cada año tomaban vacaciones en México. Subió contenido a su blog, saludando a sus fans.

Capítulo 6

El último día de la Expo de Belleza, Mía Mayte Millett caminó por los pasillos llenos de luces y fragancias. Su cabello ondulado, caía en ondas perfectas sobre sus hombros. Sus ojos brillaban con anticipación, había venido a explorar, a descubrir nuevos productos y tendencias, pero no esperaba lo que estaba a punto de suceder.

En el pabellón central, un estand resplandecía. El cartel decía: "Corporatión Estellar de Belleza". Mía se acercó, curiosa. El dueño de la Corporación, elegante con ojos astutos y una sonrisa que prometía secretos.

"Señorita Millett", dijo, extendiendo la mano. Soy Li Wey. -He mirado su forma de pedir explicación de los ingredientes y su aguda visión para los productos de belleza-. ¿Le gustaría ser la imagen de nuestra marca?. La bella influencer no sabía que decir.

Le haríamos un contrato de seis cifras por un año, no importa que no sea usted modelo, o que no tenga usted experiencia. -Nosotros le pondremos quien la entrene y prepare, eso no sería problema-.

Mía parpadeó, sorprendida. ¿Convertirse en la imagen de una línea de productos?. -Era una proposición espectacular. Pero también era un desafío-. ¿Qué dirían sus padres; aprobarían esta propuesta?. ¿Ella podría seguir adelante con su proyecto?.

Li Wey continuó: "Nuestra Corporación se llama Estellar; porque creemos que cada persona, tiene su propio brillo único. Queremos productos que realcen esa belleza interior y exterior. Y usted, señorita Millett, es la personificación de esa estrella".

Mía Mayte Millett, miró a su alrededor. Los productos en el estand eran exquisitos: cremas, maquillaje, perfumes. Las estrellas parecían parpadear en el cielo.

¿Qué dices, Mía?, preguntó Li Wey. ¿Quieres brillar con nosotros?. Mía sonrió; "Las estrellas siempre nos guían si estamos dispuestos a mirar más allá", dijo, recordando su propia historia. "No puedo aceptar su proposición, señor Li Wey. Primero, porque no soy modelo, y segundo, en unos días tengo un compromiso de una boda en Puerto Vallarta, México, con unos familiares de mis padres.

-Le deseo lo mejor, y que sus extraordinarios productos sigan siendo excepcionales, dignos de las estrellas-. Y así, Mía Mayte Millett; la juvenil influencer; denegó convertirse en la imagen de la Corporatión Estellar de Belleza.

Eso no sería problema le dijo Li Wey, usted puede ir a su boda, descansar y cuando esté lista, nosotros estaremos listos también. Además del contrato y los entrenadores le pondremos una casa con las asistentes necesarias; para que la ayuden y orienten. -Sólo piénselo y nos manada un correo electrónico; si acepta la propuesta-. -Ella no sabía que su vida daría un giro dramático-.

¿Aceptaría la propuesta Estellar Mía Mayte Millett?

Mía Mayte Millett, la juvenil influencer con una mirada que destilaba inteligencia y determinación, se encontraba en una encrucijada. La Corporatión Estellar de Belleza; le había ofrecido una oportunidad dorada: ser la imagen de su marca. Pero Mía no era una influencer cualquiera. -Sus videos casi siempre se hacían virales, y ya superaban el millón de seguidores fieles-.

Regresó a LA, para descansar y pensar; en la casa de sus padres, Mía sopesó las palabras de Li Wey, el dueño de la Corporación. "¿Quieres brillar con nosotros?" le había preguntado. -Las estrellas en su cuaderno parpadearon, recordándole su lema-: "Las estrellas siempre nos guían si estamos dispuestos".

Pero Mía tenía otros planes. La boda de su prima estaba a la vuelta de la esquina, y su cuerpo anhelaba descanso y distracción. Li Wey, el CEO de la Corporación, le llamó por teléfono. -No se preocupe, señorita Millett-. Cuando esté lista, y si decide aceptar, estaremos esperándola. -Ya tenemos la casa y las entrenadoras, para que la ayuden y la preparen-. Mía le dijo que lo pensaría seriamente.

¿Aceptaría la propuesta? ¿Se convertiría en la imagen de la Corporatión Estelar de Belleza?. -Preguntó en su blog; ¿Que hago, acepto el reto o nó?-. -¡Sí claro que sí, la apoyaban, acepta la oferta Mía!. Sabemos que eres "La Cenicienta de las redes sociales".

Capítulo 7

La Tragedia de Mía Mayte Millett; la bella influencer nacida en San José, California, era conocida no solo por su hermosura, sino también por su espíritu emprendedor y altruista. Su vida, llena de promesas y sueños, se reflejaba en cada paso que daba, en cada sonrisa que regalaba al mundo.

Elegante y llena de confianza, Mía irradiaba alegría. Una alegría que compartía con su familia en una boda en Puerto Vallarta, un rincón paradisiaco del estado de Jalisco, México; cerca de Guadalajara, la tierra natal de su madre. Pero el destino, caprichoso y a veces cruel, tejió su trama de manera inesperada. La tragedia golpeó en un instante. Al regresar de la celebración, la camioneta familiar se quedó sin frenos y cayó en un barranco profundo. En ese trágico accidente, Mía perdió a su padre, dos de sus hermanos y otros familiares queridos.

Su madre, sumida en el dolor, cayó gravemente enferma. La familia hizo todo lo posible por devolverle la luz a sus ojos, pero ella se sumió en una profunda tristeza, dejando de comer y abandonándose al dolor.

Nadie sabía qué hacer. Mía, a pesar de su propio sufrimiento, intentó retomar su vida normal, pero la tragedia había dejado una marca imborrable. Buscando respuestas y consuelo, Mía se enfrentó a un camino lleno de desafíos y aprendizajes. En las benditas redes sociales, los comentarios de apoyo llegaban por miles.

"EL SUEÑO DE LA MARIPOSA"

La vida de Mía se complicaba y no sabía que hacer o a quien consultar, si su madre ya no estaba, se encontraba sola y atribulada y una noche de una lluvia candente con muchos relámpagos y truenos tuvo un extraño e inquietante sueño.

Mía Mayte Millett una joven mujer inquieta, tiene un sueño misterioso donde una mariposa la guía por un jardín encantado. Despierta con una sensación de anticipación, sintiendo que su vida está a punto de cambiar de manera profunda.

La motiva a la necesidad de un cambio

En el sueño tiene un encuentro fortuito con una vieja maestra de la infancia, despierta en Mía la necesidad de reflexionar sobre su vida. Revive momentos clave que la empujan a buscar un camino diferente, desafiando las expectativas que otros tienen de ella.

Inspirada por el sueño y el reencuentro, Mía comienza un viaje de autodescubrimiento. A través de actividades dinámicas, descubre sus pasiones, retos y talentos ocultos, sembrando las semillas de su transformación. -La bella influencer sabe que nació para triunfar. Sólo nesecitaba un poco de tiempo.- Sabe que en la vida se tiene que pagar un precio. -Las grandes carreras, no las ganan los más fuertes o los más veloces; Las ganan los que siguen corriendo-

Capítulo 8

Enredados en el pasado

Explorando su pasado, Mía se enfrenta a recuerdos dolorosos y patrones destructivos. Con valentía, desenreda emociones atrapadas y encuentra la fuerza para liberarse de las cadenas que la atan.

Deshaciendo nudos emocionales

En el sueño la mariposa le ayuda a Mía que se sumerja en historias conmovedoras de superación, inspirándose en la fortaleza de quienes han transformado tragedias en triunfos.

A través de métodos impactantes, enfrenta y libera las emociones reprimidas que la han mantenido prisionera por mucho tiempo.

Alimentando el desarrollo personal

Y con un plan de acción vibrante en mano, apoyada en la motivacion del sueño; Mía se lanza a cambiar el rumbo de su vida.

Se encuentra con personas extraordinarias cuyas historias desafían las normas, mostrándole que el cambio es posible para aquellos que se atreven y luchan. Recordaba la frase de Ralph Waldo Emerson. "Escribe en tu corazón que cada día es el mejor día del año".

El Arte del retiro interior

En escapadas emocionantes, Mía descubre la magia de la soledad y la introspección. Momentos profundos de reflexión la llevan a descubrimientos sorprendentes sobre sí misma y el camino que desea seguir.

Construyendo el capullo de autoaceptación

Experimentando la autocompasión, Mía se sumerge en relatos conmovedores de aceptación personal y amor propio. Se deshace de la autocrítica y construye un capullo de autoaceptación que la prepara para la transformación.

Metamorfosis en proceso

Con una valentía desconocida hasta este momento, Mía Mayte Millett, la bella influencer, enfrenta los desafíos y retos de la metamorfosis. -Experimenta cambios internos profundos y reveladores, superando resistencias internas y emergiendo con una nueva identidad en desarrollo-.

EL VUELO DE LA MARIPOSA

En un acto simbólico; -Mía despliega sus alas recién encontradas y se eleva-. -Celebrando sus logros iniciales, experimenta la liberación del potencial que siempre estuvo dentro de ella-. -El viaje de Mía está en pleno vuelo, y su mariposa interior brilla con un resplandor emocionante, que la libera de la tragedia pasada-.

Capítulo 9

Un cambio irresistible

Mía pensó que era mejor irse a vivir a Beijing, y aceptar la oferta de Li Wei. Ante la encrucijada, sopesó los pros y los contras. La idea de vivir en una ciudad tan lejana, con una cultura diferente y lejos de sus seres amados, generaba un torbellino de emociones en su interior. Sin embargo, la promesa de un contrato, y un cambio radical.

Al recordar que Beijing, la cautivó y su estilo de vida, la emocionó las costumbres de esa metrópoli. Los Angeles era ajetreado pero muy diferente. Le sorprendió la cultura y cómo trataban de ser ordenados los habitantes de esa gran ciudad, desde que llegó la trataron con mucha cortesía.

La encrucijada de Mía

Con el corazón dividido entre su pasado en Los Angeles y su presente en Beijing, Mía se encontró en una encrucijada que definiría su destino. ¿Volvería a casa para enfrentar su dolor y reconstruir su vida?. -O se sumergiría más profundamente en lograr escribir su historia personal, de éxito y abundancia-.

Mía piensa que despues del sueño que tuvo, es hora que emprenda "El Vuelo de la Mariposa". -Piensa en los emocionantes retos, de la primera experiencia de vuelo tras la transformación-.

Capítulo 10

El encuentro en Beijing

Le manda un correo electrónico a Li Wei; diciéndole que decidió ir a Beijing. Li Wei, quien al conocerla, le hizo una gran propuesta intrigante y descabellada. -Perfecto Mía un chofer irá por tí al aeropuerto le dice Li-. Ya está la casa lista donde vas a vivir. Además tu asistente personal se hará cargo de todo lo que necesites.

El brillo de las estrellas

Mía Mayte Millett, con su gracia y belleza juvenil y ojos brillantes, aterrizó en Beijing. El chofer la esperaba con un cartel que decía "Señorita Millett". La ciudad se extendía ante ella como un lienzo lleno de posibilidades.

La casa que Li Wei había preparado era una maravilla: techos altos, muebles elegantes y ventanas que enmarcaban el horizonte. Mía se sentía como una estrella recién descubierta, lista para brillar en su nuevo hogar. -Hacia tiempo que no subía videos-.

Su asistente y preparadora física Liam Hu, -una mujer atlética pero agradable-; la recibió con una reverencia. Señorita Millett, sólo dígame lo que necesite por favor; Mía sonrió; gracias, Liam, por ahora, solo quiero explorar la ciudad. Pero antes, cuéntame sobre la propuesta de representación: Liam Hu asintió con una sonrisa.

El brillo de las estrellas en Beijing

"El señor Li Wei quedó impresionado por su belleza juvenil y su visión única, y ser la imagen de la marca en futuros eventos. La idea es que su brillo personal se refleje en nuestros productos". Aquí tiene lo básico de la linea, para que los empiece a usar por favor, el señor Li cree que usted los lucirá, a la perfección.

Mía reflexionó. Representar una marca significaba más que aparecer en anuncios. Era una responsabilidad. Liam quiero que me filmes; este es mi primer video de los productos para mi blog. -Subió el video a las redes con un poco triste-. -Animo le dijo Liam-. Dile a Li Wei, que acepto que me preparen, con una condición: que nuestros productos sigan siendo excepcionales, dignos de las estrellas. Quiero que cada clienta sienta el brillo en sus rostros, que su vida les traiga nuevas experiencias.

Y así, Mía Mayte Millett comenzó su nueva vida en Beijing. Las luces de la ciudad la rodeaban, y las estrellas en su cuaderno parpadeaban, como si aprobaran su decisión.

Beijing se convirtió en su escenario, y Mía, la estrella que brillaba con luz propia, después de caminar y de recorrer, algunos maravillosos lugares de Beijing, decidió ir a descansar; pero antes revisó su blog; y también recibió una llamada de Li wei; !Miraste tu blog!?. El video que subiste se !hizo viral!; tiene cientos de miles de aprobaciones, y todo mundo está hablando maravillas de Mía Mayte Millett.

Beijing es definitivamente una de las ciudades más visitadas del mundo. Cada año, millones de visitantes acuden a esta maravillosa ciudad para conocer la capital de China, una gran combinación entre lo más antiguo y lo más nuevo del mundo.

Beijing es una ciudad para todas las estaciones. Siempre puedes encontrar algo para ti sin importar a qué hora estés en Beijing y cualesquiera que sean tus intereses. En realidad, hay cientos de lugares turísticos y lugares históricos en Beijing. Algunos lugares de interés son transitables pero otros están un poco lejos del centro de la ciudad.

Es necesario advertir que se necesita tiempo para disfrutar de todo lo que la ciudad de Beijing tiene para ofrecer. Si sólo tienes unos días libres, puedes aprovechar tu viaje a Beijing visitando las 10 principales atracciones o haciendo las 10 mejores cosas en Beijing. De esa manera, podrás decir que has experimentado la ciudad de Beijing, incluso si su estadía allí dura solo unos días o solo un fin de semana.

Lo que pueda hacer o ver en Beijing depende en gran medida de su tiempo, presupuesto, gustos personales y de su tolerancia a las multitudes.

Capítulo 11

Una propuesta descabellada que Mía relaciona con el sueño que la inquietaba y la motivaba todos los dias. Despúes de explorar la exposición juntos, Li Wei le comentó que todo estaba marchando a la perfección, y le agradeció por aceptar la propuesta; todo va a estar bien, le dijo que estuviera tranquila.

Li Wei le comentó que el contrato por un año de seis cifras, estaba listo para que lo firmara. Le insistió en fusionar la tradición china con los estándares occidentales en una línea de productos de belleza revolucionaria. Mía, se vió cautivada por la pasión y visión de Li Wei. -La vida de la bella Influencer, que cada día crecía en cientos de miles de seguidores, daba un giro inesperado-.

A medida que avanzaba la preparación de la bella Mía, ella y Li Wei desarrollaron una conexión única. Compartieron risas, experiencias y visiones para el futuro, pero ella percibía algo que no le agradaba y no sabía que era, y eso la inquietaba de sobremanera.

La propuesta descabellada comenzó a parecer menos loca. La popularidad de Mía se monetizó, sus miles fans le pedían que subiera más contenido. Su belleza la convitió, en la influencer más famosa del momento. Mía comenzó a visualizar el potencial de las redes sociales. Junto a Li Wei podrían unir dos mundos aparentemente opuestos en una sinfonía de belleza.

Desafíos y Desiciones Importantes

A medida que Mía se adaptaba a su nueva vida en la metrópoli asiática, su estado de ánimo era mas estable. Se enfrentó a decisiones cruciales. ¿Cuando aceptó la propuesta arriesgada de Li Wei y se aventuraría en lo desconocido; fué una desicion acertada? El desafío de fusionar dos culturas en una línea de productos de belleza resonaba en su corazón.

Enfrentándose a la incertidumbre, Mía tomó una decisión valiente. La vibrante energía de Beijing se convirtió en la musa de su nueva travesía, y con Li Wei a su lado, se embarcaron en una emocionante odisea de belleza, cultura y colaboración.

Los colores de la ciudad cobraron vida con cada paso que daba, y la cultura china se entrelazó con su propia identidad de una manera única. En su corazón había un dejo de tristeza y nostalgia. Extrañaba a su amor platónico JC, que se encontraba en los Angeles, California.

El nombre de Mía, con su encanto, se convirtió en un símbolo de la fusión de dos mundos. Sus fans le pedían que se casara con un millonario chino. -Ella solo sonreía, y por eso la adoraban sus fans-. Mía Mayte Millett y Li Wei; comenzaron a explorar ingredientes de belleza innovadores, fusionando productos tradicionales chinos, con tecnologías de vanguardia occidentales. Sin embargo, enfrentaron desafíos culturales y barreras lingüísticas.

Recordando el Viaje que hizo a Guadalajara,
México con su familia, y el accidente fatídico
Un retorno a los orígenes

Desde las vastas distancias de Beijing, Mía sentía el llamado de Guadalajara resonando en su alma. La ciudad que había sido testigo de su tragedia ahora la convocaba para una misión de descubrimiento y cierre.

Con la determinación forjada en las calles de una China que le enseñó sobre la resiliencia, Mía empacó sus recuerdos y esperanzas, dejando atrás la metrópolis que la acogió en sus momentos más vulnerables. Su corazón, aunque marcado por el pasado, latía con la promesa de respuestas y la posibilidad de sanar viejas heridas.

El viaje de regreso, fué un reflejo de su propia transformación: un camino lleno de introspección y coraje.

Al llegar a Guadalajara, Mía se encontró con una ciudad que parecía haber detenido el tiempo, esperándola con los brazos abiertos y las calles listas para revelar sus secretos; le encantaba la hermosa perla tapatía–. Un día voy a vivir en esta legendaria tierra de charros y bellas mujeres.

Con cada paso por las avenidas empedradas, cada conversación con los rostros conocidos y cada noche bajo el cielo estrellado de Jalisco, Mía tejía la red que la llevaría a la verdad del accidente que cambió su vida. No era solo una búsqueda de justicia, sino un peregrinaje hacia la paz interior y el entendimiento.

Capítulo 12

A medida que trata de recordar que fué lo que pasó realmente. En la memoria de Mía resuena el eco de un día soleado en Guadalajara, un viaje que inicialmente estaba lleno de promesas y felicidad. Sin embargo, cada recuerdo se ve oscurecido por el trágico accidente que se desató, cobrándose la vida de su padre y dos de sus hermanos, dejando a su familia de seis personas reducida a tres.

Su madre, devastada por la pérdida, no logró recuperarse por completo. La tragedia la sumió en las profundidades de la enfermedad, convirtiéndola en una sombra de la mujer que solía ser a lo largo de los años. Mía de pronto está cargando con el peso de la pérdida y la agonía de ver a su madre sumida en la oscuridad de la desesperanza y la consternación. Cada paso que Mía da hacia la reconstrucción de ese capítulo oscuro de su pasado la lleva más profundamente en el abismo del misterio que rodea aquel viaje a Puerto Vllarta, Jalisco; a la boda de su prima.

Se enfrenta a la difícil tarea de desentrañar la verdad detrás de lo que realmente sucedió, enfrentando las sombras de su propia memoria. Y en la búsqueda de respuestas la lleva a enfrentarse no solo a la complejidad de los eventos pasados, sino también a los desafíos emocionales que persisten en su familia. En esta travesía de acontecimientos, Mía descubre que la verdad, aunque dolorosa, es la clave para liberarse de las sombras del pasado y construir un futuro lleno de significado y redención.

Capítulo 13

El secreto anidado en el paraíso

Los viajes anuales de la familia de Mía a Guadalajara siempre fueron momentos de alegría y unión, ella comienza a sentir que hay un secreto anidado en ese paraíso que nunca se reveló por completo. Los recuerdos felices se vuelven sombras que sugieren algo más, algo que su familia ha mantenido en la penumbra. Las revelaciones en la vieja casona. Decidida a descubrir la verdad, Mía regresa a la antigua hacienda donde solían hospedarse.

Sombras del pasado emergen

Las sombras del pasado emergen de entre los rincones olvidados de la hacienda. Descubre fotografías antiguas, cartas nunca leídas y objetos que despiertan memorias sepultadas. Cada revelación, agrega una capa de suspenso, mientras se desvelan conexiones y acontecimientos aparentemente desconectados.

El eco del accidente y la trama compleja

La trama compleja se teje lentamente a medida que Mía conecta los puntos y descubre la verdad oculta. Con cada revelación, la carga emocional aumenta, llevándola al borde de la desesperación. En el clímax del suspenso, se encuentra cara a cara con la verdad que su familia ha estado protegiendo durante tanto tiempo.

El Acuerdo Tácito
un pacto roto

La verdad sale a la luz, y con ella, se revela un pacto roto en la familia de Mía. Descubre que durante uno de esos viajes a Guadalajara, un acuerdo tácito entre sus familiares y hermanos de su madre se fracturó de manera irreversible. Un secreto compartido por todos, destinado a proteger a la familia, se convierte en la fuente de sufrimiento y discordia.

Vínculos desgarrados

Los vínculos que alguna vez unieron a la familia se desgarran mientras Mía enfrenta la realidad de las decisiones tomadas en el pasado. Los rostros familiares adquieren nuevas dimensiones y los cimientos de la confianza se desmoronan. -La emotividad alcanza su punto álgido cuando Mía lucha por reconciliar el amor con la traición; alguien de la familia de su madre es un desalmado-.

La conspiración familiar

A medida que profundiza en la conspiración familiar, Mía descubre que sus abuelos, tomaron decisiones difíciles con la intención de proteger a la familia. Sin embargo, las consecuencias de esas decisiones han dejado cicatrices imborrables. Intrigas familiares, lealtades divididas y un pasado oscuro emergen, sumergiendo a Mía en un torbellino de emociones y descubrimientos inesperados.

Capítulo 14

Revelaciones en el cementerio

Mía visita el cementerio donde descansan sus abuelos dos de los hermanos de su madre. Entre las lápidas, encuentra pistas adicionales que arrojan luz sobre la tragedia. Un antiguo diario familiar, escondido entre las sombras del olvido, revela pensamientos íntimos y detalles nunca antes conocidos, aumentando el suspenso.

Renaciendo de las cenizas

En el epílogo de esta intensa búsqueda de la verdad, se enfrenta al desafío de reconstruir su familia desde las cenizas de la revelación. A pesar del dolor y la discordia, encuentra fuerza para sanar y forjar un nuevo camino.

La travesía a Guadalajara y la boda a puerto Vallarta; no solo develó secretos oscuros, sino que también permitió que Mía abrazara su propia capacidad de adaptación y redención.

Este giro dramático añade profundidad a la narrativa, explorando las complejidades de las relaciones familiares y los sacrificios que a menudo se hacen para proteger a quienes amamos. ¡Que fué lo que pasó en la carretera el día trágico, como sucedieron los hechos de tan doloroso recuerdo, que marcó para siempre a la familia Millett Alvarez!. -¿Fue provocado o solo fué en accidente?-.

Capítulo 15

La carretera se extendía como una serpiente de asfalto, retorcida y traicionera. Mía, con el corazón en un puño, miraba por la ventana de la camioneta de 15 pasajeros. Su padre, al volante, había sido siempre un hombre de temple. Ahora su rostro estaba marcado por la preocupación. Su madre y tres de sus hermanos, estaban alegres y cantaban.

El sol se ocultaba tras las montañas, tiñendo el cielo de tonos dorados y rosados. Mía se aferraba al asiento, sintiendo cómo la vida tomaba un rumbo de muerte. ¿Cómo habían llegado hasta aquí? ¿Por qué su viaje había tomado un giro tan oscuro?

El estruendo fue ensordecedor. La camioneta se sacudió violentamente, y Mía fue arrojada contra el cinturón de seguridad. El mundo se volvió confuso, fragmentado. Los gritos de los pasajeros se mezclaron con el chirriar de los neumáticos. El accidente fue un torbellino de metal retorcido y cristales rotos.

Cuando todo se detuvo, Mía abrió los ojos. El silencio era abrumador. La camioneta yacía volcada en un barranco, rodeada de obscuridad y desolación, y el dolor, en su pierna herida; era insoportable. buscó a su familia. Su padre, atrapado en el asiento del conductor, no se movía. Dos de sus hermanos, inconscientes, estaban atrapados bajo los asientos. Y otros seis familiares, sus rostros pálidos y ensangrentados, luchaban por respirar.

Las lágrimas nublaron su vista. ¿Cómo podía haber ocurrido esto? ¿Por qué la tragedia había elegido a su familia? Mía se arrastró hacia su padre, sintiendo el calor de su mano inerte. "Papá contéstame por favor; mamá, ¿estás bien?", susurró. "¿Por qué está pasando esto; porqué a nosotros?. !Dios mío ayúdanos por favor".

Los recuerdos se agolparon en su mente. Las conversaciones, momentos compartidos. Entonces, en medio del dolor, algo cambió. Un destello de sospecha. ¿Había sido un accidente? ¿O había algo más oscuro en juego? Mía miró a su alrededor, buscando respuestas. Encontró un teléfono móvil parcialmente destrozado, pero aún funcional. Los mensajes y las llamadas revelaron una verdad inquietante: alguien había estado siguiendo su viaje, manipulando la ruta, asegurándose de que no llegaran a Guadalajara.

El sabotaje no había sido accidental. Alguien quería la muerte de su familia. Mía apretó los dientes, sintiendo la ira arder en su pecho. No podía quedarse allí, marcó a emergencias, esperando la ayuda que quizás nunca llegaría. Trató de ayudar a sus familiares, sin éxito.

Con el dolor como compañero constante, Mía se arrastró fuera de la camioneta volcada. La lucha por la supervivencia no había hecho más que comenzar. Y en medio de la oscuridad, miró a sus familiares heridos, sus tíos y primos; nadie respondía a sus llamados; ella se preguntaba, que fué lo que ocasionó el accidente.

Capítulo 16

La búsqueda de respuestas y sanación

Después de una tragedia devastadora, Mía y su familia se enfrentan a la ardua tarea de sanar. El giro inesperado en la trama los lleva a través de una montaña rusa de emociones mientras luchan por sobrevivir a la tragedia. Mía toma una decisión crucial: llevar a sus dos hermanos y a su padre, quienes lamentablemente fallecieron, a Los Ángeles, California. Su padre tenía un buen seguro, y Mía quiere asegurarse de que su madre reciba atención médica en los mejores hospitales.

Mía, la protagonista principal, está luchando con el dolor de la pérdida y la responsabilidad de cuidar a su familia. Obsesionada con descubrir la verdad detrás del sabotaje de los frenos, se sumerge en una búsqueda obsesiva. A medida que profundiza en la investigación, descubre una red de intrigas y secretos enterrados.

Cada pista la acerca un paso más a la verdad, pero también la coloca en mayor peligro. ¿Quién o quienes fueron los responsables de sabotear los frenos de la camioneta y causar el accidente?. ¿Qué ganarían?: Ellos no tenían enemigos, solo estaban de paseo. ¿Porque nos pasa esto?.

La búsqueda de respuestas y sanación se convierte en una lucha contra el tiempo y las fuerzas ocultas que amenazan con destruir a Mía y a su familia.

El Regreso a Los Ángeles

La tragedia había dejado cicatrices profundas en el corazón de Mía y su familia. Las noches eran largas, llenas de pesadillas y recuerdos dolorosos. Pero Mía sabía que debían seguir adelante, encontrar una forma de sanar y honrar la memoria de sus seres queridos.

Los días en Los Ángeles eran agotadores. Mía se sentía como en una montaña rusa de emociones. La ciudad era un torbellino de gente, tráfico y luces de neón. Pero también era un lugar lleno de oportunidades. Mía se comprometió a encontrar justicia para su familia. ¿Cómo podía alguien causar tanto dolor y escapar impune?

Mientras su madre luchaba contra la enfermedad, y su hermano y otros familiares heridos también, enfrentaban sus propios retos. -Fallecieron nueve miembros de la familia de su madre-.

Mía se prometió que regresaría a Guadalajara y se sumergiría en la investigación. Seguiría pistas, entrevistaría testigos y se adentraría si es posible en los rincones más oscuros de la ciudad. Pero ¿Quién era responsable? ¿Por qué su familia había sido víctima de tal tragedia?

Después de enterrar a su padre y hermanos, y con su madre finalmente estable, Mía regresó a Guadalajara. La ciudad donde nació su madre y que siempre la recibió con los brazos abiertos.

Capítulo 17

Las pistas conducen a Mía a descubrir que el sabotaje fué planeado por un primo, motivado por la codicia y la envidia hacia la herencia de la madre de Mía. La hacienda y las tierras que heredaría, eran grandes y costosas. En ellas cultivaban el agave; que producen el famoso tequila en Jalisco. Sin embargo, lo que inicialmente parece una venganza personal revela una conspiración más profunda.

Mía se enfrenta a una carrera contra el tiempo mientras lucha por desentrañar la verdad antes de que los culpables puedan escapar. Con cada paso que da, se ve acosada por amenazas y obstáculos que intentan detenerla. El suspenso aumenta a medida que Mía se adentra más en la oscuridad de la conspiración, sin saber en quién confiar ni qué peligros la aguardan.

La revelación impactante

En un giro sorprendente de los acontecimientos, finalmente descubre la verdad detrás del sabotaje de los frenos. La revelación es impactante y deja a Mía tambaleándose mientras se enfrenta a la realidad de la traición dentro de su propia familia. Los videos que subía a su blog, cada vez tenía más seguidores. Todo mundo le daban sus condolencias, mandandole palabras de aliento; sus miles de seguidores, de la juvenil influencer, le pedían que subiera más contenido de la perla tapatía, la bella; Guadalajara, México.

Mía había desenterrado cómplices ocultos, motivados por la codicia y la envidia hacia la herencia de su madre.

El primo segundo, Rodrigo, había sido el cerebro detrás del sabotaje. Su codicia lo había llevado a planear el atentado contra Mía y la familia. Pero había algo más. Mía se dió cuenta de que Rodrigo no actuaba solo. Había cómplices en las sombras, manipulando los hilos desde la distancia.

Con cada paso que daba, se enfrentaba a amenazas y obstáculos. Los giros y vueltas emocionantes la mantenían alerta, sin saber en quién confiar. ¿Quiénes eran los cómplices? ¿Qué motivaciones inesperadas los impulsaban?

La revelación fue impactante. En un enfrentamiento final, Mía descubrió la verdad detrás del sabotaje. La traición estaba más cerca de lo que imaginaba. La familia, la sangre, se había convertido en su mayor enemigo. Mía tambaleó al enfrentar la realidad. Los culpables no eran solo Rodrigo y sus ansias de riqueza. -El y su familia no figuraban en el testamento, eran unos borrachos y pendencieros-. ¿Quiénes eran los verdaderos maestros de marionetas? ¿Qué oscuros secretos guardaban?

El suspenso aumentaba. -Mía se apoyaba en Verónica y su tío Joel. -Podemos llegar hasta el final.- Hay que saber quienes están involucrados tío. ¿Podría Mía desentrañar la conspiración antes de que fuera demasiado tarde?. Es importante, sí le comentó su tía Juliana, tenemos que desenmascarar a los culpables y que los encarcelen.

Capítulo 18

La alegría de los viajes a Guadalajara, Jalisco, se convirtieron en un dolor en la vida de Mía. Tras el Impactante accidente; parecía que nunca se recuperarían, que el luto sería permanente.

Mía se encuentra en una encrucijada, con el peso de la verdad finalmente revelada sobre sus hombros. Las piezas del rompecabezas encajan de manera inesperada, revelando una traición que nunca habría imaginado dentro de su propia familia.

Con el corazón lleno de incredulidad y dolor, Mía se prepara para el enfrentamiento final con los culpables. Las emociones tumultuosas la consumen mientras lucha por procesar la verdad devastadora que ha salido a la luz.

El suspenso se intensifica a medida que Mía se adentra en el corazón de la oscuridad, determinada a confrontar a aquellos que le han causado tanto daño. Cada paso hacia la verdad está marcado por la tensión palpable y el peligro acechante, mientras Mía se enfrenta a enemigos poderosos decididos a proteger sus secretos a cualquier costo. Ella cuenta con un aliado poderoso: Las redes sociales.

En medio del caos y la confusión, se aferra a una sola certeza: que la verdad, por dolorosa que sea, es su única guía en este viaje. Con valentía y determinación, se prepara para enfrentar el desafío final y desenterrar los secretos.

Mía se encontraba en su habitación, con el corazón latiendo desbocado. Las palabras de su abuela resonaban en su mente: "Hay un secreto en nuestra familia, Mía. La lucha por la herencia de la hacienda." La joven había crecido rodeada de misterios y silencios. Su madre, siempre reservada, nunca hablaba de su pasado. Pero ahora, con la revelación de un enamorado secreto, todo estaba a punto de cambiar.

Mía se sentó en la cama, sosteniendo una vieja fotografía en sus manos. En ella, su madre sonreía junto a un hombre cuya identidad permanecía en las sombras. ¿Quién era él? sorpresa, curiosidad, y una pizca de miedo. ¿Qué más ocultaba su familia? ¿Qué secretos se escondían detrás de las sonrisas en las fotos familiares?

Decidió investigar. Buscó en los viejos álbumes, en los diarios polvorientos y en las cartas amarillentas. Cada pista la llevaba más cerca de la verdad, pero también la sumergía en un torbellino de interrogantes. ¿Por qué su madre había mantenido en secreto este amor?.

Las señales estaban ahí, enterradas bajo años de silencio. Cartas sin enviar, flores secas entre las páginas de un libro, un anillo guardado en el fondo de un cajón. La identidad del enamorado oculto se convertía en su obsesión.

¿Era un pariente cercano? ¿Un amigo de la familia? ¿O alguien más inesperado? Mía estaba decidida a descubrirlo, aunque eso significara enfrentarse a verdades dolorosas.

Capítulo 19

Apoyada por sus tíos, tías y su inseparable prima Verónica, están aferradas en la búsqueda de los que ocasionaron tan grande tragedia. Decidida a desenterrar la verdad, Mía se embarca en una búsqueda implacable para descubrir, la identidad del enamorado, oculto de la juventud de su madre. Cada pista la lleva más cerca del corazón del misterio, pero también despierta peligros y amenazas diarias, que podrían desestabilizar aún más a su familia.

Los lazos rotos

A medida que la verdad sale a la luz, los lazos que alguna vez unieron a la tranquila familia; se desgarran irremediablemente. Y así las increíbles y misteriosas revelaciones provocan enfrentamientos y traiciones, mientras cada miembro de la familia lucha por procesar la verdad incómoda que ha salido a la superficie. Mía se encuentra atrapada en medio del caos, luchando por mantener unida a su familia.

El acto de redención

Con el peso del secreto levantado, se enfrenta a una decisión desgarradora: ¿perdonar o condenar al enamorado secreto de su madre? En un acto final de redención; ¿Mía se enfrentará al misterioso personaje, confrontando el pasado, y buscando respuestas que la ayuden a comprender la complejidad de las relaciones humanas?.

La sombra del engaño

Mía se sumerge aún más en el oscuro laberinto de secretos familiares, pero cuanto más profundiza, más sombras encuentra. Descubre pistas que sugieren; que el enamorado secreto, de su madre podría haber estado involucrado en otros actos de engaño y traición dentro de la familia. El suspenso se espesa mientras Mía se enfrenta a la posibilidad de que los lazos de confianza en su familia estén aún más fracturados de lo que imaginaba.

El misterio de las cartas anónimas

Mientras sigue las pistas, Mía se encuentra recibiendo cartas anónimas que parecen contener información vital sobre el pasado de su familia. Cada carta arroja nueva luz sobre los secretos enterrados, pero también aumenta la paranoia y el temor de que haya alguien más observando desde las sombras. El suspenso se eleva mientras Mía lucha por descubrir la identidad del remitente y sus verdaderas intenciones. –De esos sucesos subía contenido a su blog–.

El enigma de la herencia

En medio del caos de secretos y mentiras, Mía descubre que la herencia familiar podría estar en juego. La sombra de la codicia se cierne sobre su familia mientras los miembros luchan por asegurar su parte del legado. Mía se ve envuelta en una carrera contra el tiempo para proteger lo que queda de su familia y descubrir la verdad.

Capítulo 20

El peligro acechante

Con cada paso que da hacia la verdad, Mía se da cuenta de que ha despertado fuerzas oscuras que harán cualquier cosa para proteger los secretos del pasado. El peligro acecha en cada esquina mientras se enfrenta a amenazas, tanto físicas como emocionales. La tía Juliana, a pesar de estar enferma le dice a Mía, que no está sola en su búsqueda de la verdad y que sus enemigos ya saben que Joel y toda la familia la apoyan. -Pensaba que todo sería diferente con J. César a su lado-.

El desenlace inminente

Con su familia en peligro y el destino de generaciones en juego, Mía se prepara para el enfrentamiento final que decidirá el destino de todos. La verdad está al alcance, pero el precio del descubrimiento podría ser más alto de lo que jamás imaginó.

Después de enfrentar la oscuridad y el peligro, Mía emerge de su travesía con cicatrices visibles e invisibles.

A pesar del dolor y la pérdida, Mía se aferra a la esperanza de un nuevo comienzo, recuerda el sueño que tuvo y pensó que era tiempo de volar y piensa seriamente en su regreso a Beijing, China: -Sube un video de su regreso, y cientos de miles le aplauden, tú puedes Cenicienta-.

Su familia le recomendaba que partiera. –Está bien le dijo Verónica, la prima más cercana a ella, hay que confiar en las autoridades. –Ok prima Vero, le contestó Mía–. –Es cierto le reiteró, su tío Joel, la verdad va a salir a flote, tarde o temprano, ya ves que a pesar de nuestro dolor; estamos saliendo adelante–, –Un hijo y una hermana de su esposa fallecieron en el accidente del tío Joel, hermano de su madre–. –Gracias tío, es cierto, yo siempre los llevo en mi corazón, ustedes han sido comprensivos conmigo–.

Mía sabía que debía regresar a su casa, a Los Ángeles, con su madre; que seguía enferma. La cuidaban unas hermanas, de su padre difunto; que la querían mucho y que fueron las que le aconsejaron, que fuera a Guadalajara, para saber de la herencia; que les dejaron sus abuelos. –Antes de tomar esa decisión, subió un video a su blog. Un grito de auxilio, una súplica desesperada a sus fans–. ¿Alguien sabía algo? ¿Alguna pista que pudiera llevarla a la verdad? La respuesta fue abrumadora. Miles de personas compartieron sus pensamientos y teorías. Algunos le pedían que abandonara el caso, que dejara atrás el pasado y regresara a Beijing. El video se volvió viral, y Mía se sintió entusiasmada por la solidaridad.

El recuerdo del accidente seguía persiguiéndola. Mía decidió hacer caso a sus fans y Regresar a Los Ángeles, California. La Corporación de Productos de Belleza la esperaba, Mía sabía que había algo más importante en juego, la verdad. Con el corazón en un puño, Mía abordó el avión que la llevaría de regreso a Los Angeles/

Capítulo 21

El aeropuerto de Los Angeles se extendía ante Mía como un laberinto de posibilidades. El recuerdo del accidente la perseguía, como una sombra que se negaba a desvanecerse. Había tomado una decisión, enfrentaría su pasado, sin importar las consecuencias.

La Corporación de productos de belleza la esperaba; sabía que había algo más importante en juego. La verdad, la justicia. El cierre de un capítulo oscuro de su vida. El avión rugió en la pista, y Mía sintió cómo su corazón latía al ritmo de las turbinas. ¿algún día sabría la verdad sobre el enamorado de su madre?.

Julio César la estaba esperando, en el aeropuerto de Los Angeles la ciudad la recibió con sus luces brillantes y su tráfico interminable. Mía y su amado. se adentraron en la ciudad. Las calles estaban llenas de historias no contadas, de secretos enterrados bajo el asfalto.

A Mía sabía que su madre estaba un poco mejor y los médicos; recomendaron que la atendieran en su casa. Recuerda que siempre estaré a tu lado Mía, le comentó Julio César. Antes de acostarse a dormir, revisó los archivos, las fotos y los testimonios.

Había algo que no encajaba, algo que se le escapaba entre los dedos. Pero no se rendiría. No después de todo lo que había perdido.

Los días en Los Ángeles se sucedían como las páginas de un libro inacabado. La ciudad la envolvía con sus luces brillantes y sus sombras profundas. Julio César estaba a su lado, apoyándola en cada paso del camino. -No se le había declarado todavía-.

La verdad parecía esquiva, como un reflejo en el agua que se desvanecía al tocarlo. Pero Mía no se rendiría. ¿Quién había causado tanto dolor? ¿Por qué su familia había sido víctima de tal tragedia?

Mía se sentó frente a su computadora, con el corazón latiendo en su pecho. -Su blog en las redes sociales había crecido más allá de sus sueños más salvajes-. -Más de un millón de seguidores-. Un millón de personas que la apoyaban, que compartían su dolor y su búsqueda de justicia. -Te apoyaremos siempre bella Mía Mayte Millett-.

Los comentarios eran abrumadores. Algunos le pedían que dejara atrás el pasado, que le esperaba mucho trabajo. Había uno que la hacía detenerse. Cásate con un millonario chino, decía un fan. "Serás feliz y tendrás todo lo que quieras".

Mía miró la pantalla, con los ojos llenos de lágrimas. ¿Qué debía hacer? La fama y la fortuna estaban al alcance de su mano. -En unos días mi trabajo será intenso en Beijing; debo asegurarme que mi madre esté bien, le pidió a las hermanas de su padre que la cuidaran con esmero-. Si claro le contestó Marilin, hermana de su padre; ella ya está mucho mejor ahora. -No te preocupes ella va a estar bien-.

Capítulo 22

La magia de los ingredientes milenarios

En un viaje a las montañas de Guilin, Mía y Li Wei descubrieron la magia de los ingredientes chinos. Hierbas antiguas y secretos de belleza milenarios que se revelaron ante ellos, inspirando nuevas fórmulas que prometían revolucionar la industra. No sólo estaban creando una línea esclusiva de productos, sino también construyendo un puente entre dos culturas, compartiendo historias y experiencias que fortalecían su conexión.

Presentación en el escenario mundial

La fecha de lanzamiento se acercaba, y la emoción se palpaba en el aire. Mía, con su acento distintivo, y Li Wei, con su visión audaz, presentaron su creación en el escenario mundial. El mundo observó con asombro cómo la belleza de Oriente y Occidente se fusionaba en una sinfonía de colores y fragancias. -Las benditas redes sociales inundaban de millones de likes apoyando a la bella influencer-.

Éxito mundial y reflexión. la aceptación del público superó todas las expectativas. La línea de productos no solo se convirtió en un éxito comercial, sino también en un testimonio de la belleza que surge cuando las culturas se entrelazan. Mía reflexionó sobre su viaje, agradeciendo la oportunidad de haber aterrizado en Beijing y haber dejado una profunda huella única en la industria de la belleza.

Subió información y un video a su blog, de las montañas de Guilin, y sus bellezas naturales.

"Las montañas de Guilin crean una de las estampas más sorprendentes y hermosas de las mil y una imágenes mágicas que nos puede ofrecer un viaje a China. Unas montañas horadadas en su interior por cavidades kársticas, rebosantes de vegetación verde en sus laderas y con toda la ciudad de Guilin a sus pies, entre la que se serpentea el cauce del río Li".

!Al revisar su blog al otro día, millones lo habían mirado!. Benditas redes sociales. Le animaban a seguir adelante, con sus sueños, que la apoyarían todo el tiempo. Un fan le decía siempre, te amo Mía y me casaría contigo en Guilig.

!!Te amamos Mía, le comentaban algunos fans!!. La bella influencer, Mía Mayte Millett, pensaba que todo estaría mejor, aunque le preocupaba la salud de su madre, que se encontraba en recuperación en Los Angeles, California. Estaba segura de que las hermanas de su padre, la querían y se preocupaban por ella.

El viaje de Mía y Li Wei no solo fue un descubrimiento de ingredientes y fórmulas, sino también de amistad y colaboración. A medida que la línea de productos se lanzaba, siendo la imagen la juvenil influencer Mía, ganaba reconocimiento global, su relación se fortalecía aún más. Juntos, celebraron el éxito, pero también se enfrentaron a nuevos desafíos. Ella empezaba a confiar en Li Wei, el era comprensivo y atento, siempre con ella.

Capítulo 23

Para descansar, decidieron regresar una semana a las montañas Guilin; a Mía le fascinaron los atardeceres en ese mágico lugar. Después regresarían para empezar una gira mundial. Estas majestuosas formaciones kársticas, horadadas por el tiempo y la erosión, crean una estampa que parece sacada de un cuento de hadas.

-Mía subió un video de la cueva Reed Flute, y las formaciones de piedra caliza-. Adelante Mía; La Cenicienta de las redes sociales, le instaban que siguiera adelante-. En Guilin se habla un dialecto de mandarín, que le encantaba a Mía; su traductor era Li Wey.-.

Mía Mayte Millett, la famosa influencer de belleza, y Li Wei, un aguerrido apasionado empresario de la cosmética, se entusiasmaron en este mágico lugar.

Quedó maravillada por la belleza natural que la rodeaba. Li Wei, con su mente empresarial, veía en cada formación rocosa un potencial ingrediente para sus productos de cuidado de la piel de la mujer y del hombre. Y la aventura apenas comienza.

Caminaron por senderos serpenteantes, atravesaron bosques exuberantes y se asomaron a abismos vertiginosos. Cada paso les revelaba una nueva maravilla: cuevas escondidas, cascadas cristalinas y vistas panorámicas que robaban el aliento.

Mía no pudo resistirse a compartir su experiencia en su blog. Subió fotos y videos de las montañas, describiendo su majestuosidad y la sensación de estar en un mundo aparte. La respuesta fue abrumadora: cientos de miles de personas se sumergieron en su relato, soñando con visitar aquel lugar mágico; casi apartado de la civilización.

La amistad y la innovación, pero este viaje no solo fué sobre belleza natural. Mía y Li Wei se convirtieron en buenos amigos inseparables. Juntos, experimentaron con ingredientes locales, creando fórmulas únicas para sus productos. La línea de cuidado de la piel inspirada en Guilin se convirtieron, en un éxito global. Su amistad se fortalecería aún más. !Yó lo sabía Mía, que con tu belleza y talento, nos iría muy bien!.

El éxito y los desafíos

A medida que la fama crecía; también lo hacían los desafíos. Mía se preocupaba por su madre en Los Angeles, mientras Li Wei enfrentaba la presión de mantener la calidad de sus productos. Juntos, encontraron soluciones creativas y se apoyaron mutuamente.

Las montañas de Guilin no solo dejaron una huella en la piel de Mía y Li Wei, sino también en sus corazones. Su historia es un recordatorio de que la belleza está en todas partes, incluso en las formaciones rocosas de una montaña remota en China. -Adelante Mía Cenicienta de las redes, te amamos, eres una inspiración-,

Capítulo 24

Nuestro viaje ha unido dos culturas. Con el crecimiento de la empresa, surgieron oportunidades para expandirse aún más. Mía y Li Wei se encontraron viajando por el mundo, compartiendo su historia en Expos, y conferencias, además de eventos internacionales. Era una oportunidad para inspirar a otros y para recordarse mutuamente la importancia de su conexión y colaboración.

La bella influencer Mía Mayte Millett; compartía en su blog, que ella era muy parecida a la Cenicienta antigua. Recordaba, cuando partió de los Angeles, California, a Beijing, lo único que llevaba además de sus sueños y sus ilusiones; unos cientos de dolares y un presupuesto de $8,000 dolares para comprar productos de belleza y venderlos en la tienda que recién había abierto; en la inigualable Amazon.

-Motivaba a la juventud que persiguiera sus sueños-. Que no permitieran que nada, ni nadie les impidiera escribir su propia historia de éxito y abundancia. El mundo quería saber más de Mía y Li Wei. Además de la belleza exterior, se dieron cuenta de que estaban contribuyendo a un mundo donde la diversidad era celebrada y donde las barreras culturales se desvanecían.

Mía miró a Li Wei y le sonrió. Nuestro viaje no solo ha sido sobre productos y negocios, dijo. "Hemos construido algo especial, que trasciende la industria de la belleza".

Capítulo 25

En un momento de quietud después de la conferencia, Mía miró a Li Wei con determinación en sus ojos. "Nuestro viaje no solo ha sido una búsqueda de belleza y éxito", dijo con voz firme. "También es una batalla por la libertad y la igualdad. No podemos retroceder ahora". -Tenemos de nuestro lado las benditas redes sociales-. -Y más de dos millones de seguidores fieles que me apoyan siempre-.

Li Wei asintió con solemnidad, su mandíbula apretada en determinación. Sabía que enfrentarían desafíos aún mayores en su camino, pero también estaba decidido a proteger lo que habían construido juntos.

Decidieron tomar precauciones adicionales, aumentando la seguridad en su empresa y siendo más cuidadosos con sus movimientos.

En medio de la creciente tensión, recibieron una llamada urgente una noche. Era un mensaje encriptado de uno de sus asociados de confianza, advirtiéndoles de un plan para sabotear su próxima presentación en una conferencia clave. Parecía que sus adversarios estaban dispuestos a cualquier cosa para detener su mensaje de inclusión y diversidad.

Mía y Li Wei sabían que no podían permitir que esto sucediera. Se prepararon rápidamente, poniendo en marcha un plan para proteger su presentación y exponer a aquellos que intentaban derribarlos.

En medio de la tensión, cuando llegan los días de las conferencias, siempre están listos para enfrentarse a cualquier obstáculo. Con la determinación ardiendo en sus mentes y corazones, entregan en los escenarios su presentación con determinación, pasión y convicción.

Sin embargo, no pasó mucho tiempo antes de que su presentación fuera interrumpida por una serie de malentendidos y trampas preparadas por sus enemigos. A pesar de los obstáculos, Mía y Li Wei se mantuvieron firmes, encontrando soluciones creativas para cada problema que surgía.

Finalmente, lograron superar todos los obstáculos y terminar su presentación con éxito. El público aplaudió con entusiasmo, reconociendo la valentía y la determinación para defender sus valores. -Mía subió un video de lo que pasó; miles de fans repudiaron la actitud de los desalmados-. Sigue haciendo lo que haces Mía; nosotros estamos contigo. -Al empresario Li, no le gustó que no lo mencionaran en sus comentarios de apoyo los fans de Mía-.

Mientras salían del escenario, se miraron el uno al otro con una sensación de triunfo y alivio. A pesar de todos los desafíos que habían enfrentado, seguían firmes en su compromiso de construir un mundo donde la diversidad fuera celebrada y las barreras culturales desaparecieran. Su viaje aún no había terminado, pero sabían que juntos podrían enfrentar cualquier desafío que se les presentara en un futuro cercano.

Capítulo 26

La sombra de la duda y la desconfianza

Todo parecía marchar sobre ruedas, pero: "En el ambiente había algo", que inquietaba a Mía y la hacía dudar. A pesar de los éxitos aparentes, comienza a sentir una sombra de desconfianza. Pequeñas inconsistencias y miradas furtivas entre sus nuevos aliados sugieren que hay más en juego.

El enigma de la otra carta anónima llega a manos de Mía, revelando fragmentos de la verdad. La intriga se profundiza mientras ella se enfrenta a la realidad de que cada paso que da puede estar siendo observado. Sabe que al final, el bien triunfa sobre el mal. No te preocupes Cenicienta tienes nuestro apoyo, eran las respuestas en su blog.

Salieron a pasear en un lugar apartado de Beijing. En el mensaje encriptado mencionaba un antiguo templo. Mía, Li Wey y sus aliados descubren una pista que los pone alerta. Se revelan pistas cruciales. La atmósfera cargada de misterio aumenta, y las preguntas sin respuesta se acumulan.

Un giro inesperado revela el complot en el que Mía se encuentra en el centro. Algunos de sus aliados se muestran indecisos, al punto álgido; mientras lucha por entender quién está detrás de todo. Sube información a su blog y un video donde les pide a sus fans que le tengan paciencia; quiere desentrañar la trama de lo que está pasando en su vida y seguir subiendo videos motivacionales.

Mía se detiene un momento, su respiración se entrecorta al sentir la magnitud de lo que está por descubrir. La carta anónima en sus manos es solo una pieza más del rompecabezas que se ha convertido su vida. Con cada palabra que descifra, siente cómo las sombras de la duda se disipan, dejando al descubierto la cruda realidad.

"No confíes en las apariencias", le susurra una voz interna. Mía levanta la vista hacia Li Wey, quien le devuelve una mirada llena de secretos no revelados. ¿Podría ser él parte del complot? No, su corazón se niega a creerlo. Pero la mente de Mía, siempre analítica, sabe que no puede descartar ninguna posibilidad.

Mía siente la historia viva en cada situación que vive, cada hecho cuenta las esperanzas y anhelos, de un tiempo olvidado, pero que ahora parecen más relevantes que nunca.

Mientras tanto, en el mundo exterior, los fans de Mía, que suman más de dos millones, esperan ansiosos. -Su último video ha sembrado una mezcla de preocupación y expectación. Algunos especulan, otros envían mensajes de apoyo, pero todos sienten que algo grande está a punto de suceder en la vida de la bella influencer,

Mía sabe que no puede mantenerlos en la oscuridad por mucho tiempo. Julio César su amor platónico, le da ánimos para seguir adelante, decide planear su próximo video de motivación y de retos a superar.

Capítulo 27

No podían creer porqué los querían lastimar. Su misión en la vida era mejorar los productos para embellecer a las personas, mujeres y hombres. La empresa de Li Wei fué la primera que se preocupó tambien por el bienestar de los masculinos.

Mía y sus aliados descubrieron un antiguo cofre escondido, en su antigua oficina, donde encontraron la carta que revelaron pistas cruciales. La atmósfera cargada de misterio aumentaba, y las preguntas sin respuesta se acumulaban. Mía sintió que se acercaba a la verdad, pero también se dio cuenta de que estaba en peligro.

El complot revelado

En un giro sorpresivo e inesperado, se reveló un complot en el que Mía se encontraba en el centro. Sus aliados se mostraban indecisos, y el suspenso alcanzó su punto álgido mientras luchaba por entender quién estaba detrás de todo. En una carrera contra el tiempo, Mía se vio obligada a confiar en sus propios instintos y habilidades para desentrañar el misterio y salvarse a sí misma.

Con cada giro y cada revelación, Mía se dió cuenta de que la verdad era más complicada de lo que había imaginado. Con coraje y determinación, estaba decidida a enfrentarse a sus enemigos y proteger todo lo que había trabajado tan duro para construir.

La sombra de la duda
y la desconfianza

La ciudad de Beijing, que una vez la abrazó con energía vibrante, ahora se convierte en un laberinto peligroso mientras intenta evadir a los que la persiguen. Sube un video a su blog y sus fans la apoyan siempre; algunos le ofrecen ayuda, mientras otros le dan palabras de aliento.

En las sombras de la ciudad, descubre la verdad oculta detrás de la conspiración en la que se ha visto envuelta. Revelaciones impactantes cambian su perspectiva sobre todo lo que creía saber. Mía se da cuenta de que está atrapada en un juego, donde cada movimiento es crucial. Sube información a su blog, para que sus seguidores estén informados de lo que le pase.

Los conspiradores están dispuestos a todo para proteger sus secretos, y ella debe encontrar una salida antes de que sea demasiado tarde. -Le manda un correo a su amor platónico JC de que va a estar un poco distante por una situaciones de trabajo-.

Formando una frágil alianza con alguien del pasado: Li Wei, una figura enigmática que parece tener sus propias motivaciones, juntos buscan desentrañar los hilos de la conspiración. "Una persona le manda un mensaje, que todo va a estar bien que no se preocupe, que se va a encargar de poner orden". Que las personas que la están amenazando, es por la envidia de su éxito.

Capítulo 28

La verdad revelada en el climax tenso, Mía finalmente descubre la verdad detrás de la conspiración. Las máscaras caen, y la revelación sacude sus cimientos. Ella piensa que Maxanne también está aliada a Li. Las motivaciones ocultas y las alianzas sorprendentes salen a la luz. -Sube contenido a su blog, pidiendo ayuda-. Le aconsejan que luche por sus sueños, que va a tener éxito.

La confrontación con Li Wei. Armada con la verdad, Mía confronta a Li Wei, el hombre que cree que inició todo. El suspenso alcanza su punto máximo mientras enfrentan las decisiones que tomaron y las consecuencias que dejaron a su paso. No entiende porqué Li Wei; si el siempre se mostró amable y considerado. -Además que gana, es el dueño de la compañía para le cual ella es la imágen-.

Esconderse temporalmente

Ante la amenaza inminente, Mía y sus asociados se ven obligados a buscar un escondite temporal. La ciudad de Beijing se convierte en un escenario caótico mientras luchan por escapar de las sombras que los acechan.

Apoyada por sus fans; lucha buscando una revelación final. En un refugio seguro, Mía descubre la última pieza del rompecabezas. Una revelación cambia todo lo que ella pensaba que sabía, llevándola a cuestionar sus propias decisiones.

Decide regresar a California con la mente llena de recuerdos de Beijing, por la posible traición de Li Wei y las emociones que desencadenó. El contrato no se había terminado, Mía sabe lo difícil de la situación.

Lo primero es estar con su madre y su hermano. Afortunadamente ella se encontraba mejor, gracias a los cuidados de las hermanas de su padre. Se ve obligada a tomar decisiones difíciles sobre su futuro. Pero por ahora sólo va a disfrutar del cariño de Yesenia, su amada madre.

Continúa tomando desiciones importantes, pero con nuevas metas en el horizonte. La trama culmina con Mía reflexionando sobre los desafíos del amor, la carrera y la promesa de un nuevo comienzo.

Además de ser una exitosa empresaria, era una bella e influyente influencer, con una personalidad única en las redes sociales con millones de seguidores. Su historia de éxito desde sus humildes comienzos en Los Angeles, inspiraba a emprendedores de todo el mundo.

Sus mensajes en las redes, de motivación, acción, perseverancia y determinación resonaban especialmente entre sus seguidores. -Queremos saber si te vas a casar con JCésar, Mía, le preguntaban-.

-Ella les comentaba que les avisaría.- Sin embargo, a pesar de su creciente fama y fortuna, Mía se encontraba en medio de una crisis personal.

Capítulo 29

Y para complicar aún más las cosas, Maxanne, una antigua compañera de escuela, que siempre había envidiado a Mía y siempre a estado secretamente enamorada de Julio César, había vuelto a aparecer en su vida. Ella era muy rica y no le importaba nada.

Maxanne había estado observando desde las sombras, esperando el momento adecuado para tramar su venganza contra Mía y reclamar lo que ella consideraba suyo.

Mía se encontraba en una encrucijada emocional, sintiendo el peso de las expectativas y los buenos deseos, de sus seguidores en las redes sociales; mientras luchaba por encontrar la felicidad en su vida personal. A pesar de todo su éxito y reconocimiento, se sentía perdida y sola en medio de la traición y el engaño.

Sus obligaciones le impidieron tomar un descanso en Los Angeles y se embarcó en un viaje de regreso a Changai, China. -Dos amigos, Mei Ling y Wang Song; al saber la situación, la invitaron a pasar un tiempo con ellos. Mía aceptó buscando un cambio de escenario y la oportunidad de reconectar consigo misma y su agitada vida de eventos y conferencias.

Cada paso que daba hacia adelante; Maxanne estaba lista para arrastrarla de vuelta a la obscuridad. La batalla entre las dos alcanzaría un punto culminante.

La bella influencer recordaba, el sueño que la motivó siempre, en los momentos de enfrentar los retos que se le presentaban. Ella sabía que tenía que emprender el vuelo; Su vuelo; y cuando los torbellinos de la vida la asediaban. -Debía emprender el vuelo de la mariposa-.

Mía se encontraba en Chendú, donde había nacido Mei Ling, en una villa descansando con sus amigos, Mei Ling y Wang Song, atormentada por los recuerdos y las emociones contradictorias que la perseguían. -Mientras exploraba los lugares recreativos del campo-. -Luchaba por encontrar la paz interior que tanto anhelaba-.

En medio de su búsqueda de sanación, se encontró con Li Wei, que también era amigo de Wang y Mei. Mía se encontraba desconcertada con la actitud de Li Wei. Sin embargo, su respiro de tranquilidad se vio amenazado cuando Maxanne reapareció en escena, decidida a desestabilizar aún más su vida. Con astucia y manipulación, Maxanne intentó sembrar la discordia entre ella y Li Wei, ella era experta en la difamación.

Continuaba su viaje de autodescubrimiento en Chendú, enfrentaba el desafío final de dejar atrás las sombras del pasado y abrazar plenamente su futuro.

Con la ayuda de Li Wei, quien "parecía ser un aliado" invaluable en su búsqueda de sanación, Mía encontró el coraje, para enfrentarse a Maxanne y todas las fuerzas negativas que intentaban derribarla.

Capítulo 30

Decidieron regresar a Beiging y a sus actividades de negocio. Mía era una emprendedora; con más de dos millones de seguidores de las "benditas redes sociales"; Li Wei, un empresario exitoso. A través de su trabajo, estaban creando productos innovadores, cada logro es importante, sí, pero había que hacerlo eficientemente y estaba dispuesta a luchar constantemente, a pesar de los desafíos.

Sus videos, eran comentados en todo el mundo, como un fenómeno fantástico. Con el tiempo, su enfoque se amplió más allá de simplemente promover y vender productos. Comenzaron a utilizar la plataforma como modelo; para promover la diversidad cultural y derribar barreras en la industria de la belleza.

En un momento de reflexión, Mía compartió con Li Wei su profunda convicción de que estaban construyendo algo que trascendía los límites de su industria. Su trabajo no solo se trataba de hacer negocios, sino de dejar un impacto positivo en el mundo, en que la belleza se celebraba en todas sus formas y colores. -Y donde las emprendedoras pudieran distribuir los productos facilmente-.

Con una sonrisa, Li Wei asintió, reconociendo la importancia de su misión compartida. Juntos, seguían adelante, inspirando a otros a unirse a su visión de un mundo más inclusivo y compasivo. -Sus fans de todo el mundo le aplaudían y la apoyaban-.

Con cada obstáculo superado, Mía emergió más fuerte y más decidida que nunca. Se dió cuenta de que su verdadera belleza no residía en su apariencia externa o en su éxito profesional, sino en su fuerza interior y en su capacidad para superar los desafíos con gracia y determinación. -Y ese pensamiento lo imprimía en su blog-.

En un giro inesperado, Mía descubrió que la adversidad que enfrentó en su viaje la había preparado para un propósito aún mayor. Utilizando su plataforma como influencer, comenzó a compartir su historia de superación y resiliencia, inspirando a otros a seguir adelante a pesar de las dificultades que enfrentaban en sus propias vidas. -Sus seguidores le daban las gracias-.

Con cada publicación y cada palabra de aliento, Mía extendió una mano de amistad y esperanza a aquellos que necesitaban un recordatorio de que no están solos en sus luchas. Su historia se convirtió en un faro de luz para aquellos que se encontraban perdidos en la oscuridad, mostrándoles que siempre hay una salida; siempre hay una razón para seguir adelante. -Esos detalles hacía que sus fans la siguieran incondicionalmente-.

Y así, mientras el sol se ponía en el horizonte de Beijing, Mía miró hacia el futuro con optimismo y determinación. Sabía que el camino por delante estaría lleno de desafíos y obstáculos, pero también estaba lleno de promesas y posibilidades infinitas. Con una sonrisa en el rostro y un corazón lleno de gratitud, enfrentaba sus retos.

Mía se vió obligada a confrontar su pasado de una vez por todas, enfrentándose a las verdades incómodas que había estado evitando durante tanto tiempo. En un enfrentamiento emocional, Mía finalmente decidió que confrontaría a la implacable Maxanne, para poner fin a sus manipulaciones; la cruel parecía indiferente y triunfante, esa era su característica siempre.

A medida que el polvo se asentaba y Mía encontraba la fuerza para seguir adelante, se dió cuenta de que su viaje a Shanghái y Chendú, no solo había sido una búsqueda de sanación, sino también una oportunidad para comenzar de nuevo. -Con el supuesto el apoyo- de Li Wei y la determinación de seguir adelante, Mía estaba lista para enfrentar el futuro con valentía y esperanza, dejando atrás las sombras del pasado y abrazando la luz de un nuevo día.

Mía sintió una gran decepción cuando descubrió que Li Wei apoyaba a Maxanne, no sabía como pasó, pero se enteró por una llamada de un personaje anónimo que le mandó unos videos y unas grabaciones telefónicas donde Li Wei; se encontraba relacionado íntimamente con Maxanne.

Mientras el sol se ponía en el horizonte de la bulliciosa y hermosa ciudad de Beijing; Mía miró hacia el futuro con optimismo. No estaba segura que Li Wei y Maxanne estuvieran involucrados. Con una sonrisa en el rostro y un corazón lleno de gratitud, se preparó para abrazar todo lo que la vida tenía reservado para ella, sabiendo que su historia estaba lejos de terminar

Capítulo 31

Un nuevo comienzo, una nueva empresa, Mía toma la audaz decisión de romper con Li Wei. -Tenía varias propuestas, que anteriormente otras Corporaciones de la industria de la ropa y cosméticos, le habían hecho. -Ella las guardó, pensando que quizás, un día las pudiera necesitar- la Corporación que escogió para asociarse y trabajar, era la más exitosa compañía de la moda en Beijing. -No sabía como hacerlo, pero lo aprendería rápido-.

Luces de la fama y la abundancia

La bella influencer, se embarca en un emocionante viaje hacia lo desconocido, enfrentándose a las expectativas y desafíos del mundo de la moda. Las luces de la fama.

La carrera de Mía despega rápidamente, atrayendo la atención de la prensa y la industria de la moda. Mientras navega por eventos glamorosos y sesiones de fotos, descubre que la fama también tiene su lado oscuro, enfrentándose a rumores y envidias.

En las redes sus videos eran una sensación; a sus seguidores les encantó el cambió que hizo la bella Mía; -Un fan que siempre le mandaba correos donde le decía que la amaba, que era el amor de su vida-. Este fan le daba miedo. -Yo haría cualquier cosa, por solo tocar tu bello rostro Mía-. -No le agradaba cómo se expresaba este fan; Pero no comentaba con nadie estos pensamientos-.

Mía Mayte Millett, la influyente estrella de las redes sociales, se encontraba en el corazón de Beijing. Sus más dos millones de seguidores la adoraban, y su rostro adornaba vallas publicitarias y anuncios de televisión. Pero detrás de la sonrisa perfecta y los filtros de Instagram, Mía no guarda secretos, ella siempre es así.

Uno de los capítulos de su vida, era Li Wei, él había sido su socio en el negocio de cosméticos. Juntos, habían soñado con conquistar el mundo de la belleza. Pero algo había salido mal, y su relación se había desmoronado. Mía había dejado atrás su pasado.

Sin embargo, el destino tenía otros planes. Una tarde soleada, mientras Mía paseaba por los jardines del Templo del Cielo, se topó con él. Li Wei, con su mirada intensa y su sonrisa irónica, estaba parado junto a un antiguo árbol de ciprés. Tenemos que volver a trabajar juntos le decía; ella le dió un rotundo nó.

Las sombras del pasado: El otrora admirador y socio; de la bella influencer Mía. Li Wei no está dispuesto a dejarla ir fácilmente. Mía se encuentra atrapada en un torbellino de emociones cuando su pasado con Li Wei la alcanza. El le ofrece mayores ganancias; y si no acepta; la amenaza con desestabilizar, su nueva vida en Beijing. Forja nuevas amistades y alianzas en la industria, descubriendo quiénes son sus verdaderos amigos y quiénes buscan aprovecharse de su éxito. La joven modelo aprende a confiar en su instinto, para tomar desiciones importantes.

Desfile de Oportunidades

Recibe la oportunidad de desfilar en un importante evento de moda en Beijing. Mientras se prepara, descubre nuevos desafíos y enfrenta la presión de impresionar a la audiencia y a sus críticos; ella lo hacía siempre de manera natural. -Los videos en las redes se hacen virales, a sus fans les encantaba la gracia de Mía-.

Mía se encontraba en el corazón de Beijing, la ciudad de las luces y las oportunidades. Su piel brillaba bajo los focos mientras se preparaba para el desfile más importante de su carrera. Las manos temblorosas ajustaban el último botón de su vestido de alta costura. El diseñador había insistido en que ella fuera su musa, y Mía no podía defraudarlo.

La pasarela se extendía frente a ella como un camino incierto. Los flashes de las cámaras destellaban, y la música vibraba en el aire. Mía había soñado con este momento desde que era una niña en las calles polvorientas de su pequeño pueblo. Ahora, estaba aquí, a punto de conquistar el mundo de la moda.

El misterioso benefactor

Un misterioso personaje entra en escena, ofreciendole una oportunidad que podría cambiar su vida para siempre. Sin embargo, la portentosa y millonaria oferta; viene de un desconocido, llevando a Mía Mayte Millett, a cuestionar las verdaderas intenciones del empresario.

Pero con la fama venían los desafíos. La presión de impresionar a la numerosa audiencia y a los críticos era abrumadora. Los videos en las redes se hacían virales, y a sus fans les encantaba la gracia natural de Mía. Pero, ¿podría mantener esa gracia bajo la mirada escrutadora de los expertos?. -Su nuevo amigo se acercó a ella y le dijo; tú puedes preciosa, eres una campeona-.

El desfile comenzó; caminó con elegancia, su corazón latiendo al ritmo de los tacones. Los ojos del público la seguían, y cada paso era un desafío. Recordó las palabras de su abuela: "La verdadera belleza está en la confianza". y Mía confiaba en sí misma.

Al final de la pasarela, un misterioso benefactor la esperaba. Un hombre, con ojos profundos y una sonrisa enigmática. Ofreció a Mía una oportunidad que podría cambiar su vida para siempre. El contrato millonario, contratos exclusivos, fama internacional. Pero aunque la oferta venía de un desconocido; le inspiró confianza.

Miró al hombre. ¿Cuál era su juego? ¿Qué quería de ella? la fama tenía un costo, y Mía estaba a punto de descubrirlo. ¿Aceptaría el trato más valioso?: ¿O seguiría su propio camino, sin importar las consecuencias?

El desfile continuó, pero en la mente de Mía, la verdadera pasarela estaba en su interior. El misterioso benefactor la observaba. -Le dijo que se tomara su tiempo para responder-. Sabía que su elección definiría su destino.

Capítulo 32

La sombra del misterioso benefactor

Las intenciones del misterioso benefactor; comienzan a revelarse lentamente, le parece que es una buena persona. Mía descubre que en la vida tienes que arriesgarte, en algunos momentos de tu vida; donde cada elección tiene consecuencias. Mientras tanto, alguien del pasado reaparece, complicando aún más su vida.

Enfrentando el pasado; Li le pide que quiere que sigan juntos, haciando negocios. Cuando Mía se enfrentó cara a cara con Li Wei en un encuentro inesperado, le dió un nó definitivo. Las emociones son encontradas, piensa si hizo bien. -Se pregunta si puede superar las sombras que han marcado su carrera-.

Amistades en ruinas: La presión de la fama comienza a desgastar las amistades de Mia. Con lealtades cuestionadas y traiciones reveladas, la joven modelo se ve obligada a tomar decisiones difíciles que afectarán tanto su carrera como sus relaciones personales.

La determinación de la bella Mía

Mía emerge de las experiencias del pasado; con una determinación renovada. Aprovecha nuevas oportunidades para reinventarse y se convierte en un símbolo de resiliencia en la industria de la moda.

Mía, determinada a transformar la adversidad en fortaleza, se sumerge en una búsqueda de superación personal y recordando su sueño, en el que la Mariposa emerge del capullo y emprende su vuelo triunfal, canaliza esa motivación hacia su carrera.

Participa en proyectos que no solo destacan su talento sino también su autenticidad y valentía. -siempre recordaba esta anécdota-. "Amigos el agua hace flotar el barco, pero también puede hundirlo. Nada en esta vida es bueno o malo, depende de cómo lo usemos". EA Martínez Autor.

Mientras trabaja en su autoaceptación, se encuentra con una comunidad de apoyo en las redes sociales. -Su belleza juvenil con aire de inocencia, cautivaba a sus fans-.

Ella siempre comparte su viaje de superación y se conecta con personas que han enfrentado desafíos similares. La narrativa en torno a su vida se transforma; se convierte en un faro de empoderamiento y positividad, en el mundo de la tecnología internaútica.

Se encuentra con el misterioso benefactor. Resulta que es un empresario millonario; doctor en psicología y motivador internacional, que se convierte en su mentor, y que la guía hacia la sanación emocional. A través de sesiones de mentoría y prácticas de autocuidado, aprende a enfrentar sus temores y a abrazar su verdadero yó. Este proceso de autodescubrimiento la fortalece no solo como modelo, sino como persona.

Capítulo 33

En el vertiginoso mundo de la fama, Mía Mayte Millett descubre que las verdaderas alianzas se forjan en los momentos más inesperados. La autenticidad es su brújula, y en medio de los flashes de las cámaras y las expectativas mediáticas, busca conexiones genuinas.

Mía rodea su vida con personas que la apoyan sin reservas. No son solo colegas o seguidores; son amigos auténticos. Juntos, enfrentan los desafíos de la fama: las críticas, las expectativas y los altibajos emocionales.

Su viaje de superación personal la ha fortalecido. La prensa y la industria de la moda reconocen su transformación. Pero Mía no solo conquista las pasarelas; también conquista corazones. Su historia de éxito y superación constante inspira a quienes la siguen.

Mía siempre recuerda estas palabras. -Con el fin en mente-. La fama puede ser efímera, pero los problemas también lo son. Con el apoyo de un misterioso mentor y el amor de sus seres queridos, Mía aprende a equilibrar su carrera floreciente con su vida personal.

No pierde de vista lo que realmente importa: la autenticidad y las alianzas que trascienden a la fama. Así, en este capítulo de "Alianzas auténticas", Mía descubre que la verdadera riqueza está en las conexiones humanas, en los abrazos sinceros.

Desafíos en ascenso

A pesar de su creciente éxito, se enfrenta a nuevos desafíos en el mundo de la moda. La competencia se intensifica, y debe demostrar constantemente su valía. Con cada desafío, descubre una fortaleza interna que no sabía que poseía.

Mía se involucra en una campaña revolucionaria que busca redefinir los estándares de belleza. Decide fusionar con éxito, los productos de belleza, con la industria de la moda. Al convertirse en un defensora de la diversidad y la inclusión, Mía utiliza su plataforma para inspirar cambios significativos, en sus seguidores y en el público en general; desafiando los convencionalismos establecidos.

La batalla de las redes sociales

Un grave escándalo inventado amenaza con socavar la reputación de Mia en las redes sociales. En lugar de dejarse arrastrar por la negatividad, utiliza su presencia en línea para compartir su verdad, convirtiendo la adversidad en una oportunidad para la conexión auténtica con sus seguidores.

Mía Mayte Millett, es una joven y talentosa influencer, que ha construido su imperio en las redes, con dedicación y pasión. Con millones de seguidores que admiraban su estilo de vida. No ha caído en la vanidad y el glamour de los escenarios. Es una figura querida en el mundo digital. Sin embargo, todo eso estaba a punto de cambiar; por la envidia a su fama ascendente.

Capítulo 34

Falsas acusaciones y difamación

Un mañana, Mía se despertó con la noticia de que un escándalo inventado estaba circulando en las redes sociales. Alguien había creado falsas acusaciones en su contra, difamando su nombre y cuestionando su integridad. Mía se sintió abrumada por la injusticia y la rabia la consumió. ¿Cómo podía alguien intentar destruir todo lo que había construido con tanto esfuerzo?

Enfrentar los problemas de frente: ¿Cómo era posible que ubiera personas sin escrúpulos, que hacían esas tramas?; Mía sabía que no podía dejar que las mentiras la derrotaran. Habló con su mentor y le aconsejó que enfrentara el problema con inteligencia. Yó te apoyaré en todo incondicionalmente, recuerda que la verdad siempre triunfa, y tú eres ena triunfadora. Publicó un video en el que compartía su verdad con sus seguidores. Explicó cada detalle de la situación, desmintió las acusaciones y mostró pruebas que respaldaban su versión de los hechos.

La respuesta de sus seguidores fue abrumadora. En lugar de creer en los rumores infundados, ellas y ellos mostraron su apoyo incondicional a Mía con mensajes de amor, de ánimo y de solidaridad que inundaron sus redes sociales, demostrando que la conexión que había construido con su audiencia era genuina y poderosa, por lo que decidió seguir adelante con su proyecto de vida.

A medida que pasaban los días, Mía se dió cuenta de que este desafío inesperado, había sido una bendición disfrazada. No solo había fortalecido su relación con sus millones de seguidores, sino que también había demostrado su fortaleza y resiliencia ante la adversidad.

En lugar de dejar que el odio y la negatividad la consumieran, había utilizado su plataforma para inspirar a otros a enfrentar sus propios desafíos con coraje y autenticidad. Y con la cabeza en alto y el corazón lleno de gratitud, se preparó para enfrentar cualquier desafío que el futuro pudiera traer, sabiendo que tenía el amor y el apoyo de su comunidad a su lado.

La valiente respuesta de Mía ante la difamación no solo impactó a sus seguidores actuales, sino que también resonó profundamente en otros jóvenes que estaban luchando con situaciones similares en las redes sociales. Su historia de enfrentar el escándalo con autenticidad y coraje se convirtió en una inspiración para muchos, especialmente para aquellos que enfrentaban ciberacoso, difamación o críticas injustas en línea.

-Sus más de dos millones de fans y los jóvenes de todo el mundo comenzaron a compartir sus propias experiencias y a buscar consejos sobre cómo manejar el odio en línea-. Mía se convirtió en un faro de esperanza para ellos, demostrando que, incluso en el mundo superficial de las redes sociales, la honestidad y la integridad podían triunfar sobre la falsedad y la malicia.

Capítulo 35

Influencer defendora de la positividad

Mientras más jóvenes se inspiraban en Mía, más crecía su comunidad en línea. Sus seguidores no solo la admiraban por su estilo de vida glamoroso, sino también por su fuerza interior y su capacidad, para superar desafíos con gracia y determinación. Mía se convirtió en un ejemplo a seguir, no solo por su estatus de influencer, sino por su autenticidad y su compromiso con la verdad.

Inteligencia y don de liderazgo; Con el tiempo, Mía se dió cuenta de que su propósito en las redes sociales iba más allá de simplemente compartir consejos de moda o belleza. Se había convertido en una defensora de la positividad en línea y en una voz para aquellos que no tenían una plataforma para defenderse por sí mismos.

Cada publicación, cada video y cada interacción se convirtieron en oportunidades para inspirar y empoderar a otros. La popularidad de Mía como influencer creció. A medida que el tiempo pasaba, el escándalo que había amenazado con destruir su reputación se desvanecía en el pasado. En su blog les daba las gracias a sus fans.

Su historia se convirtió en un recordatorio de que, incluso en el mundo virtual, nuestras acciones y palabras tienen un impacto real en la vida de los demás, y que siempre podemos elegir ser una fuerza para el bien.

Cada publicación, cada video, cada interacción se convirtieron en oportunidades para inspirar y empoderar a otros. Mía no solo mostraba su vida glamorosa y sus atuendos impecables, sino que también compartía sus luchas internas, sus momentos de vulnerabilidad y sus triunfos personales. Sus seguidores la amaban por su autenticidad y su corazón compasivo.

Pero con la popularidad venían las responsabilidades. Mía se encontraba en una encrucijada. ¿Cómo podía usar su influencia de manera significativa? ¿Cómo podía marcar la diferencia en un mundo saturado de imágenes y superficialidad?. La verdadera inteligencia no reside solo en el conocimiento, sino en el corazón. El don de liderazgo no se trata de seguidores o likes, sino de cómo impactas a quienes te rodean.

En un zoom que tuvo con su mentor; le comentó que: Antes de ser un dragón, hay que sufrir como una hormiga; siempre se empieza por abajo. Mía escuchaba atentamente. le habló de la empatía, la compasión y la humildad. Le enseñó a mirar más allá de las apariencias y a encontrar la belleza en la autenticidad. Mía comenzó a meditar, a reflexionar sobre su propósito y su influencia.

El misterioso mentor y benefactor que había aparecido en su vida fué de gran ayuda en esos momentos. Mía sabía que su camino no sería fácil. Pero estaba decidida a usar su inteligencia y su don de liderazgo para algo más grande que ella misma. Mía estaba lista para liderar.

Capítulo 36

Decide tomar un descanso

Mía toma la decisión de regresar a California en busca de un respiro y reconexión con sus raíces, y cuidar un tiempo a su madre que yá se encontraba mucho mejor; gracias al cuidado de su tía Marilyn y su hermana. Sin embargo, al llegar, descubre una realidad desgarradora: su amor platónico, al que había dejado atrás, está en una nueva relación. La traición la golpea, pero Mía se compromete a utilizar esta experiencia como una fuente de fortaleza.

Renacimiento en Los Angeles

A pesar del dolor, Mía encuentra consuelo en la calidez de los lazos familiares y la amistad genuina, las hermanas de su padre la apoyan incondicionalmente en todo. Mía también se sumerge en proyectos creativos que la ayudan a sanar y a redescubrir su amor por la moda.

Encuentros inesperados

Durante su estancia en Los Angeles, Mía se encuentra con personas que la inspiran y le brindan apoyo incondicional. Entre ellas, se encuentra su amigo y mentor, que daba una conferencia de motivación; y que le ofrece perspectivas valiosas, sobre la vida. La invita a trabajar juntos y de paso; en reconstruir la confianza y la autoestima de la bella influencer Mía Mayte Millett.

Mía, después de su tiempo en Beijing, despertó con la alegría de estar en casa. La brisa del océano traía consuelo a su corazón, y aunque los recientes desafíos de salud habían sido difíciles, la mejoría de su madre gracias al amor y el cuidado de Marilyn y su hermana era un bálsamo para el alma. Mía se abrazó a su madre, encontrando refugio en los brazos que la habían sostenido desde la infancia.

La noticia del posible romance de su amor platónico, J. César, aún resonaba en su mente. Sin embargo, Mía estaba decidida a no dejar que la sombra de esa traición ensombreciera su espíritu. "Lo que no nos mata, nos hace más fuertes", se repetía como un mantra. Los lazos familiares se convirtieron en su ancla, y las hermanas de su padre, con su apoyo inquebrantable, le recordaban que no estaba sola. Su renacimiento no era solo una transformación personal, sino también un mensaje para aquellos que la seguían. A través de su blog y sus redes sociales, compartía su viaje, inspirando a otros a encontrar belleza y fuerza en sus propias luchas.

Los Angeles de tonos rosados y morados; inspiraba a la bella influencer. Mía se sentó frente a su cámara, lista para compartir su historia. Con un clic, comenzó a grabar, y las palabras fluyeron, tan reales y comprensibles como la vida misma. Sabía que alguien necesitaba una palabra de aliento. El renacimiento de Mía era más que una narrativa personal; era un faro de esperanza para todos aquellos que enfrentaban sus propios desafíos. Mía había encontrado su voz y estaba dispuesta a compartirla con el mundo.

Capítulo 37

A medida que pasaban los días, Mía se sintió más fuerte y segura de sí misma. Se comprometió a seguir adelante con determinación y gratitud, sabiendo que tenía un equipo de personas increíbles que la respaldaban en cada paso del camino. Y con su mentor a su lado, Mía estaba lista para enfrentar cualquier desafío que el futuro pudiera traer, lista para brillar con todo su esplendor y autenticidad en el mundo.

Añoraba a la industrial y pujante Beijing

Durante su estancia en Los Angeles, California, Mía se encuentra con personas que la inspiran y le brindan apoyo incondicional, pero nadie llena el amor y los consejos de su amada madre Yesenia. Decidió retirarse completamente de sus amigas de la universidad.

El regreso de Mía a Los Angeles fué una experiencia revitalizante. Mientras caminaba por las soleadas calles de la ciudad, sintió una energía renovada y una sensación de posibilidad en el aire. Decidió sumergirse por completo en esta nueva etapa de su vida, para descansar y aprender.

Se encontró con un grupo diverso de personas, cada una con su propia historia y pasión. Entre ellas, había artistas, emprendedores, activistas y visionarios, todos ellos estaban llenos de inspiración y creatividad. -Subía contenido de todo lo que hacía, pidiendo consejo a sus fans-.

El mentor de Mía

Fué durante una presentación, en Beijing de un desfile de modas en el que la bella influencer, Mía conoció a su mentor. Los dos e sintieron conectados instantáneamente, como si el universo hubiera conspirado para reunirlos en ese momento y lugar precisos. El mentor de Mía; era dueño de una Corporación de productos de belleza, y conocido por su sabiduría. -También motivador profesional-.

Las heridas empezaron a sanar

Después de cada conversación profunda y significativa, el mentor se ofreció a ayudar a Mía en su viaje personal y profesional. Reconoció el talento y el potencial de Mía, pero también vió las heridas que había sufrido en su camino hacia el éxito. Decidió dedicar su tiempo y energía a ayudarla a sanar y crecer, a reconstruir la confianza y la autoestima que había sido sacudida por las dificultades en las redes sociales. -Comentó con sus fans de su mentor y la felicitaron, sus metas eran áreas de fortaleza genuinas

La incomparable y talentosa influencer Mía y su mentor trabajaron en un plan profesional y de acción para el futuro. Exploraron juntos de inmediato; las nuevas oportunidades profesionales, identificaron áreas de fortaleza y debilidad, y trazaron metas claras y alcanzables. Pero más allá de eso, el mentor también se convirtió en un confidente y un amigo para ella; alguien en quien podía confiar completamente y a quien podía recurrir en momentos de necesidad.

Capítulo 38

Los retos de la vida

Con el apoyo de su mentor y de las personas inspiradoras que había conocido en Los Angeles, Mía comenzó a encontrar su camino de nuevo. Se sentía más segura, más confiada y más centrada que nunca antes. Sabía que el camino hacia el éxito no sería fácil, pero con su mentor a su lado, estaba lista para enfrentar cualquier desafío que se interpusiera en su camino. Y así, con determinación y esperanza en su corazón, Mía se embarcó en la próxima fase de su emocionante viaje en la ciudad de los sueños.

La reconciliación

A pesar de los problemas pasados, Mía no podía sacar a Julio César E. de la Torre de su mente ni de su corazón.

Habían compartido momentos inolvidables juntos, y a pesar de las dificultades, Mía seguía creyendo en su amor. Decidió que era hora de enfrentar el pasado y buscar la reconciliación.

Ya lo pasado pasado, dice una canción

Con el corazón latiendo con fuerza, Mía se armó de valor y llamó a Julio César. Después de una larga conversación llena de emociones encontradas, acordaron reunirse en un lugar tranquilo y privado para hablar cara a cara.

El amor todo lo puede, todo lo perdona

La noche de la reunión, la tensión en el aire era palpable. Mía y Julio César se miraron a los ojos, ambos conscientes de la importancia de este momento decisivo en sus vidas. Había una mezcla de esperanza y miedo en sus corazones, sin estar seguros de lo que el futuro les deparaba.

Durante horas, conversaron sobre todo, lo que había pasado entre ellos. Se abrieron el uno al otro, compartiendo sus alegrías, sus miedos y sus sueños más profundos. Hubo lágrimas y risas, momentos de complicidad y momentos de tensión, pero en cada palabra y cada mirada, había una chispa de amor que aún no se había extinguido. "El amor todo lo puede, era el lema de Mía"

Le confesó que la persona con la que le tomaron el video, sólo era una compañera de la escuela, pero que le hicieron un montaje y parecía que eran pareja. Finalmente, llegó el momento de la verdad. Mía tomó una profunda inspiración y le confesó a Julio César lo mucho que lo amaba, lo mucho que había extrañado su presencia en su vida y lo mucho que quería que trabajaran juntos para superar sus problemas y construir un futuro juntos.

La respuesta de Julio César fue un silencio tenso. Durante un instante, Mía temió lo peor, temió que sus esperanzas de reconciliación se desvanecieran ante sus ojos. Pero entonces, con un suspiro, Julio César tomó la mano de Mía en la suya y le miró con una mezcla de ternura y amor.

Capítulo 39

Juntos podemos superar todo

"Te amo, Mía", dijo con voz temblorosa. "Y estoy dispuesto a luchar por nuestro amor. No será fácil, pero contigo a mi lado, sé que podemos superar cualquier obstáculo que se interponga en nuestro camino".

El corazón de Mía se llenó de alegría y alivio. Y le recordó cuando salían juntos a los parques y la esperanza que siempre lucharían por su felicidad futura. En ese momento Mía, supo que habían tomado la decisión correcta. Se abrazaron con fuerza, prometiéndose el uno al otro que esta vez sería diferente, que juntos superarían todos los desafíos que la vida les presentara.

La esperanza de un camino juntos

Con la reconciliación entre Mía y Julio César, una nueva y emocionante etapa de sus vidas comenzaba, y el camino por delante sería difícil, pero sabían también, que mientras estuvieran juntos, podrían superar cualquier cosa. Ella tendría que estar en su trabajo y le pidió a su amado si estaría dispuesto a irse a vivir a Beijing. -Le comentó la situación enfermiza de su madre-. Mía fué comprensiva y con amor, determinación y esperanza en sus corazones, decidieron esperar un tiempo para casarse, la madre de JCésar. tenía problemas de salud y el no quería que si estaba con su amada en Beijing, se enfermara.

Un giro más motivacional a la historia

La bella influencer tiene que regrasar a Beijing. Recuerda Mía, le dice su mentor y amigo Chen Wei. –No puedes evitar que el pájaro de la tristeza vuele sobre tu cabeza, pero sí puedes evitar que anide en tu cabellera.

Capítulo 40

Mía tiene que regresar a Beijing por sus contratos con la empresa de cosméticos y su nuevo proyecto en el mundo de la moda. Con renovada energía, pero la ciudad le presenta desafíos inesperados. Una figura del pasado resurge; –La increíblemente perversa de la Maxanne–. Trayendo consigo secretos que amenazan con socavar todo lo que Mía ha construido.

El enigma de la nueva rival

En el competitivo mundo de la moda en Beijing, se enfrenta a una nueva rival cuyas intenciones parecen estar envueltas en un misterio constante y desgastador.

La rivalidad intensifica el suspenso, ya que Mía debe descifrar las motivaciones detrás de los juegos mentales en los bastidores de la industria. Recibe una llamada telefónica de dos amigos que conoció; le da gusto saber que tiene unos aliados inesperados: dos personas extraordinarias; Mei Ling y Wang Song.

Para enfrentar las amenazas emergentes, Mía le llama a su mentor y amigo; para pedirle consejo. Los lazos se fortalecen mientras ella descubre la importancia de tener aliados confiables en un mundo lleno de intrigas. Juntos, se embarcan en una misión para desentrañar los secretos que amenazan con destruir no solo la carrera de Mía, sino también su vida personal.

Capítulo 41

La noche de las revelaciones

En una noche crucial en un prestigioso evento de moda, Mía se encuentra en el epicentro de las revelaciones. Verdades impactantes salen a la luz, revelando conexiones inesperadas y traiciones que cambian el rumbo de su destino. La tensión alcanza su punto máximo mientras lucha por mantenerse firme en medio de la tormenta, las benditas redes sociales son su mejor aliado.

La batalla personal de Mía

Con el telón de fondo de una batalla intensa, Mía emerge más fuerte que nunca. Las revelaciones han despejado el camino hacia la verdad, y Mía se dispone a conquistar las pasarelas y la vida personal con determinación renovada. El suspenso alcanza su clímax mientras Mía se prepara para enfrentar un futuro que ella misma está decidida a escribir y sus millones de fans la apoyan incondicionalmente.

Deciden invitar a Mei Lynn y Wang Song, a una cena en la casa de ella. Su mentor y ellos eran amigos desde hacía muchos años ya que Wang estaba en la industria de materias primas para los productos de belleza.

Claro que iremos dijo Mei Lynn con entusiasmo; mándanos la dirección, y estamos con ustedes, claro que sí; y así quedaron comprometidos.

Intriga en las sombras

A medida que Mía Mayte Millett, influencer y joven mujer exitosa, desentraña los secretos de su pasado, descubre una red de intrigas más compleja de lo que jamás imaginó.

Personajes oscuros y motivaciones ocultas emergen, complicando su regreso a Beijing. Mía se ve envuelta en una trama retorcida donde nada es lo que parece, y cada paso la lleva más profundamente en el abismo del misterio.

El enigma de los mensajes anónimos

Misteriosos mensajes anónimos comienzan a llegar, advirtiéndola de peligros inminentes. La incertidumbre la consume mientras intenta descubrir quién está detrás de estas advertencias y qué oscuros secretos amenazan con salir a la luz. Cada revelación parece abrir nuevas preguntas, aumentando la tensión y el suspenso.

Montajes de escenas prohibidas

Hicieron videos con montajes falsos donde la bella influencer Mía se encuentra enredada en un juego de pasiones prohibidas. Los videos de un supuesto romance clandestino, que podría afectar su carrera y su vida personal, y de negocio. Las conexiones emocionales complican aún más su trayectoria, y debe navegar por terrenos peligrosos mientras lucha por mantenerse a flote en medio de las complicaciones. Su mentor le dice que todo se va a aclarar.

Capítulo 42

La reunión con Mei Lynn y Wang Song; afirmó una amistad que más adelante, sería de mucha ayuda para Mía. Quedaron en apoyar a Mía en lo que necesitara; que siempre estarían encantados de hablar con ella. -Elos sabían de la popularidad de Mía en las redes-.

La sombra del contrato con Li Wey, del pasado resurge, amenazando con limitar las opciones de Mía y poner en peligro su libertad creativa. Mía se ve atrapada en una encrucijada, enfrentándose a decisiones difíciles mientras lucha contra fuerzas que buscan controlar su destino. La tensión alcanza su punto máximo cuando las sombras del contrato se ciernen sobre su futuro.

Con cada revelación, Mía se acerca al giro dramático de la trama. Los enigmas y conflictos alcanzan su clímax, y Mía se ve obligada a tomar decisiones cruciales que cambiarán el curso de su vida. El suspenso se intensifica.

El virus de la muerte

!!De la noche a la mañana una noticia alarmante. la ciudad estaba envuelta en un caos que nunca se lo habría imaginado nadie!!. Un virus desconocido se propagaba rápidamente, y las calles que una vez conoció vibrantes ahora estaban llenas de temor y desesperación. Nadie sabía dónde se había originado, pero miles de personas se estaban contaminando, y pedían ayuda desesperadas.

Nadie sabía que hacer

En medio del pánico generalizado, Mía se encontraba atrapada en un torbellino de emociones. Se preguntaba si había tomado la decisión correcta al regresar, si podría enfrentar esta nueva amenaza y si alguna vez encontraría la paz que tanto anhelaba.

Con cada día que pasaba, la situación empeoraba. Los hospitales se estaban desbordando, las autoridades luchaban por contener la propagación del virus y las calles estaban desiertas, salvo por aquellos valientes que se aventuraban en busca de suministros esenciales.

Que hacer o que no hacer; Mía se vio obligada a adaptarse rápidamente a esta nueva realidad. Aprendió a desinfectar meticulosamente todo lo que tocaba, a usar una mascarilla en todo momento y a mantenerse alejada de las multitudes tanto como fuera posible. Cada salida se convirtió en una misión de supervivencia, cada interacción en un riesgo potencial.

Pero a medida que pasaban los días, Mía también descubrió una fuerza interior que no sabía que poseía. Se negó a dejarse vencer por el miedo y la incertidumbre. En lugar de eso, se comprometió a hacer todo lo que pudiera. En sus plataformas, pidió ayuda e invitó a que todos a que donaran alimentos, ropa y agua a los necesitados, también pidió donantes de sangre para los enfermos y ofreciendo consuelo a aquellos que habían perdido la esperanza.

Capítulo 43

A pesar de los desafíos abrumadores, Mía encontró un sentido de propósito en medio del caos. Descubrió una comunidad unida en la adversidad, personas dispuestas a sacrificarse por el bienestar de los demás. Y mientras la tormenta continuaba rugiendo a su alrededor.

Mía empezó a ayudar, a las comunidades mas pobres de china, por el virus con su propio dinero, y creció su fama por todo el mundo. en su blog puso una frase: "Primero los pobres"; que sería su emblema para todo lo que hacía.

Subió información a su blog; pidiendo oraciones y ayuda a sus fans que ya superaban, más tres millones, y le aplaudieron, qué bien Mía, estamos contigo. Con el paso del tiempo, Mía se convirtió en un faro de esperanza en medio de la oscuridad que envolvía a Beijing. Su dedicación para ayudar a las comunidades más vulnerables no pasó desapercibida. A través de las redes sociales, compartía historias de personas necesitadas, organizaba campañas de recaudación de fondos y coordinaba la distribución de suministros esenciales.

Su influencia creció rápidamente a medida que más personas se unían a su causa. Sus seguidores no solo la admiraban por su belleza y estilo de vida, sino también por su compromiso con el bienestar de los demás. Mia se había convertido en un símbolo de solidaridad y generosidad en tiempos de crisis. "Primero los pobres", se hizo viral.

Campaña de recaudacion en las redes

Con el paso de los días, Mía Mayte Millett se convirtió en un faro de esperanza en medio de la oscuridad que envolvía a los pueblos pequeños de China. Su dedicación para ayudar a las comunidades más vulnerables no pasó desapercibida. A través de las redes sociales, compartía historias de personas necesitadas, organizaba campañas de concientización y coordinaba la distribución de suministros.

Mía motivó al mundo a mandar ayuda

El impacto de su trabajo se extendió más allá de las fronteras de la ciudad. Personas de todo el mundo, sobretodo: Estados Unidos, El Reino Unido, México, Francia, Italia, España, Japón entre otros, los Millonarios de China también se unieron y se inspiraron en su labor y se unieron a su causa, formando una red de solidaridad que abarcaba múltiples comunidades. Mía se encontró liderando un movimiento de ayuda humanitaria que trascendía barreras culturales y lingüísticas. -Sus videos se viralizaban al momento de subirlos.

También los que no hacen nada, la empezaron a criticar. Sin embargo, el camino no estuvo exento de desafíos. Mia enfrentó obstáculos burocráticos, críticas de aquellos que veían su labor como una amenaza y momentos de agotamiento físico y emocional. Pero su determinación y pasión por hacer del mundo un lugar mejor la mantuvieron firme en su misión: Primero los pobres.

Capítulo 44

En las redes sociales los mensajes de la bella inflencer Mía se viralizaban de inmediato

Con el apoyo de voluntarios comprometidos y donantes generosos, Mía Mayte Millett, logró expandir el alcance de sus proyectos, llegando a las comunidades pobres, remotas y marginadas; por la distancia y su dificil acceso. Su trabajo no solo proporcionaba ayuda práctica, sino que también inspiraba un sentido de comunidad y esperanza en aquellos que se beneficiaban del mensaje de amor y esperanza

A medida que pasaban los días, el nombre de Mía Mayte Millett se convirtió en sinónimo de altruismo y empatía. Recibió numerosas simpatías por su labor humanitaria. Su lema "Primero los pobres"; siguió a viralizandose en las redes sociales. Sus fans le aplaudían y la motivaban a seguir en su programa de ayuda a la comunidad.

Para la bella Mía, la verdadera recompensa estaba en el impacto tangible que veía en las vidas de las personas a las que ayudaba. Su historia se convirtió en un ejemplo inspirador de cómo una persona, con determinación, amor y compasión, puede marcar una diferencia significativa en el mundo. Y aunque el camino hacia un futuro más justo y equitativo aún era largo, Mía seguía adelante con la convicción de que cada pequeño acto de bondad contribuía a construir un mundo mejor para todos.

La emprendedora Mía Mayte Millett
Un giro hacia el suspenso y la tragedia

A medida que Mía continuaba su labor humanitaria, enfrentaba desafíos cada vez mayores. En medio de una de sus misiones más arriesgadas para llevar ayuda a una comunidad remota en las montañas, un desastre natural golpeó la región. Una avalancha arrasó con todo a su paso, dejando a Mía y su equipo atrapados bajo toneladas de nieve y escombros.

A travez de las redes, las seguidoras estaban ayudando a muchas personas de las areas contaminadas.

La noticia de la tragedia se extendió rápidamente, desatando una ola de angustia y preocupación entre quienes conocían y admiraban a Mía. Equipos de rescate se movilizaron rápidamente, pero las condiciones climáticas adversas dificultaban las labores de búsqueda y rescate.

El virus se empezaba a propagar en otras ciudades, las autoridades decidieron cerrar las fronteras.

Mientras tanto, en Beijing, la incertidumbre y la tensión aumentaban día a día. Los amigos, familiares y seguidores de Mía se congregaban en vigilia, esperando noticias de su destino. Las redes sociales se llenaron de mensajes de apoyo y solidaridad, mientras el mundo entero mantenía la mirada puesta, en el destino de la valiente cruzada humanitaria de Mía Mayte Millett.

Capítulo 45

Nadie sabía porqué sucedió la avalancha

Días pasaron sin noticias. La esperanza comenzaba a desvanecerse, y el dolor y la desesperación se apoderaban de quienes aguardaban ansiosamente por un milagro. Pero justo cuando parecía que toda esperanza estaba perdida, se recibió un mensaje de un equipo de rescate que había logrado localizar y rescatar a Mía y a algunos de sus compañeros sanos y salvos.

La emoción y el alivio inundaron el lugar mientras Mía y algunos de los supervivientes eran rescatados y llevados a un lugar seguro. Sin embargo, la tragedia no había terminado. Entre los rescatados, se descubrió que algunos miembros del equipo no habían logrado sobrevivir a la avalancha.

El regreso de Mía fue recibido con una mezcla de alegría y tristeza. Si bien había logrado sobrevivir contra todas las probabilidades, sus compañeros estaban desaparecidos. Sus familiares en USA y México pedían información y les comunicaron que Mía estaba sana y a salvo.

A pesar del dolor y el trauma Mía encontró fuerzas para seguir adelante, decidida a ahonrar aquellos que habían sacrificado sus vidas en la búsqueda y rescate para ayudar a los demás. -Las redes sociales se inundaron de peticiones, por ayuda a las personas desaparecidas-.

En los desolados picos de las montañas, donde el viento susurra secretos ancestrales y la nieve guarda historias de valentía, Mía se encontró cara a cara con su destino. La avalancha había dejado cicatrices en su piel y en su alma, pero también había encendido una llama inquebrantable dentro de ella.

No permitiría que la tragedia la quebrara. En lugar de eso, canalizó su dolor hacia su causa humanitaria. Se sumergió en la planificación meticulosa de sus misiones, mejorando la seguridad. Mía no solo llevaba suministros y medicinas; llevaba consigo el espíritu de aquellos que ya no podían caminar junto a ella. Su compromiso era inquebrantable.

La comunidad que la había respaldado durante su recuperación; ahora muchos la apoyaban en su misión. Los voluntarios, los donantes, los amigos: todos se unieron en una red de solidaridad. Mía no estaba sola. Juntos, enfrentaron las adversidades, cruzaron fronteras y llegaron a las regiones más remotas. El mundo comenzó a conocer su nombre, no como una heroína solitaria, sino como parte de un movimiento más grande.

En las noches oscuras, cuando el cansancio amenazaba con vencerla, Mía recordaba las palabras de su madre: "La esperanza es como un río subterráneo; A veces fluye silenciosamente, pero siempre está allí". Y así, con su espíritu indomable, continuó su lucha. No importaba cuántas millas caminara o cuántos obstáculos enfrentara; la esperanza seguía fluyendo.

Capítulo 46

Sin embargo, a pesar de todos sus esfuerzos, Mía seguía luchando contra sus propios pensamientos internos. Las imágenes de la avalancha y la pérdida de sus amigos la perseguían en sus sueños, recordándole constantemente el precio que había pagado por su labor humanitaria.

A menudo se preguntaba si valía la pena arriesgar su propia vida por los demás, pero cada vez que veía una sonrisa en el rostro de aquellos a quienes ayudaba, encontraba la respuesta a esa pregunta.

Con el tiempo, Mía aprendió a vivir con sus cicatrices físicas y emocionales, encontrando fuerza en su propia vulnerabilidad. Aunque nunca olvidaría la tragedia que había vivido, encontró consuelo en el conocimiento de que había hecho una diferencia en el mundo y en la vida de muchas personas.

Encontró que era más importante dar que recibir

Se prometió que nunca renunciaría a ayudar; Que había recibido mucho de la Inteligencia Universal y quería compartirla con los más necesitados. La historia de Mía Mayte Millett se convirtió en un testimonio de coraje, sacrificio y esperanza. Y aunque su historia tuvo momentos de tragedia y dolor, también estuvo llena de amor, compasión y un inquebrantable espíritu de solidaridad humana. -Te amamos Mía, le decían sus seguidores-.

Seguir adelante el lema de Mía Mayte Millett, la juvenil y bella influencer. Con el tiempo, Mía se convirtió en un símbolo de esperanza y resiliencia en la comunidad humanitaria. Su historia inspiradora resonaba en todo el mundo, atrayendo la atención de líderes globales, medios de comunicación y organizaciones internacionales. Fué invitada a hablar en conferencias y eventos, donde compartiría su experiencia y visión para un mundo más justo y compasivo. -Solo subía contenido a su blog-.

No aceptó la invitación de participar en conferencias; menos asistir a eventos, sabiendo que había muchas personas, niños, mujeres y hombres sufriendo y muriendo, rechazó amablemente la invitacion y se concretó a organizar la ayuda humanitaria.

A medida que su fama crecía, también lo hacía el alcance de sus proyectos humanitarios. Estableció una Fundación en honor a sus compañeros caídos, dedicada a proporcionar ayuda y apoyo a comunidades afectadas por desastres naturales, conflictos y crisis humanitarias en todo el mundo. La Fundación se convirtió en un faro de esperanza para aquellos que se encontraban en situaciones desesperadas, brindando ayuda práctica, asistencia médica.

A medida que se sumergía más en su trabajo, también enfrentaba desafíos personales. La organización y presión de liderar una Fundación global y enfrentarse a problemas humanitarios cada vez más complejos comenzaba a afectar su salud y sus relaciones personales.

Capítulo 47

Amenazas de ataques

Siempre hay envidias de personas que no hacen nada por sus semejantes, y no les gustaba que una extranjera anduviera metiendo las narices en su país.

Además, Mía se enfrentaba a la venganza de aquellos que veían su trabajo como una interferencia o una amenaza a sus propios intereses. Recibía ataques tanto en línea como en personal, lo que la obligaba a tomar medidas de seguridad cada vez más estrictas para protegerse a sí misma y a su equipo.

Las redes se desbordaban en halagos a Mía. Muchas personas de las redes la apoyaban incondicionalmente y se manifestaban a favor de la juvenil influencer; Mía Mayte Millett. -Bella por dentro y por fuera así le decían en las redes sociales-. Eso la motivaba a seguir con su tarea de ayuda; -Primero los pobres-.

A pesar de todos los obstáculos, Mía seguía adelante con determinación y valentía. Sabía que el camino hacia un mundo mejor estaba lleno de desafíos, pero también estaba convencida de que cada pequeño paso que daba en esa dirección valía la pena. Y aunque no sabía qué desafíos aún le esperaban en el horizonte, estaba decidida a enfrentarlos con la misma fuerza y compromiso que la habían llevado hasta ese momento.

En las redes sociales Mía pedía más ayuda
sobretodo medicamentos

Mientras Mía se encontraba inmersa en su labor humanitaria, su amor platónico, Julio César, quien vivía en Los Angeles, seguía de cerca sus actividades; a través de las redes sociales y los medios de comunicación. Con el tiempo, la preocupación y el deseo de estar cerca de su amada aumentaban; mientras ella enfrentaba desafíos cada vez mayores.

El quería ayudarla y le pidió que si era posible, él se iría a Beijing para apoyarla, pero Mía se negó debido a la pandemia y la situación del país, le pidió que era mejor que permaneciera en Los Angeles y que motivara a personas para que mandaran ayuda humanitaria, que tanto la necesitaban.

Después de enterarse del peligroso incidente de la avalancha y la difícil situación en la que Mía había quedado atrapada, Julio César sintió que no podía quedarse de brazos cruzados.

Sin dudarlo, Julio César dejó todo atrás en Los Angeles, California y emprendió un viaje hacia Beijing, decidido a reunirse con Mía y a la vez para ofrecerle su apoyo incondicional. A pesar de los obstáculos en el camino, incluidos trámites de visado, complicados y vuelos cancelados debido a la crisis en la región, Julio César no se dejó desanimar. -Sabía que pronto miraría a su amada-.

Capítulo 48

La llegada de JC. a Beijing

Finalmente, después de una travesía llena de contratiempos, Julio César logró llegar a Beijing. Su corazón latía con fuerza de anticipación mientras se dirigía hacia el lugar donde Mía se encontraba. Tuvo muchas dificultades para que le dieran permiso para ingresar a China debido a que ya empezaban a cerrar la frontera debido a la pandemia.

Sabía que no podía arreglar todos los problemas del mundo, pero estaba decidido a estar allí para Mía en su momento de peligro y necesidad, incluso si eso significaba enfrentarse a enemigos desconocidos.

El amor supera montañas y fronteras

Mientras tanto, Mía, quien aún se estaba recuperando física y emocionalmente de la tragedia de la avalancha, se sorprendió al recibir la noticia de que Julio César estaba en camino hacia ella. Su corazón se llenó de emoción y gratitud al saber que su amado estaba dispuesto a atravesar medio mundo para estar a su lado.

El encuentro entre Mía y Julio César estaría lleno de emociones encontradas, pero juntos enfrentarían los desafíos que les esperaban con valentía. Su unión se convertiría en un faro de esperanza y fortaleza.

Juntos podemos continuar ayudando
y dos son más que uno le decía ella

Parecía que todo estaba en calma, pero en el ambiente se podía sentir que se venían más emociones y suspenso en la historia de Mía y Julio César. Nada importa se decía él para sus adentros, mientras esté con mi amada, nada me importa. -El amor de su vida era Mía y estaba perocupado por las amenazas que recibía-.

Mientras Mía y Julio César se reunían en Beijing, una nueva amenaza comenzaba a acechar en las sombras. Un grupo de intereses oscuros y poderosos, resentidos por las acciones de Mía y su fundación, tramaba un plan para detener su labor humanitaria a cualquier costo.

Los querían fuera de China

Sin que Mía y Julio César lo supieran, habían caído en la mira de una organización clandestina. Se preguntaban, porque se interesaban en ellos, si Mía sólo estaba ayudando a las personas afectadas. agentes infiltrados los seguían de cerca, esperando el momento adecuado para atacar y sabotear sus esfuerzos.

Una noche, mientras Mía y Julio César se encontraban en una reunión con líderes locales para coordinar un nuevo proyecto de ayuda, fueron emboscados por un grupo de hombres armados. La situación se volvió caótica mientras Mía y Julio César lograban escapar del peligro inminente.

Capítulo 49

Mía y J. César se encontraron atrapados en una telaraña de secretos y peligros. Su intención era ayudar, pero pronto descubrieron que la verdad tenía un precio alto.

Con su determinación inquebrantable, comenzaron su investigación. Cada paso los llevaba más cerca de la verdad, pero también más cerca del abismo. El equipo que los apoyaba compartía su compromiso, pero también compartía los riesgos.

La evidencia de corrupción y vínculos con grupos criminales se acumulaba. Sus aliados y colaboradores voluntarios se encontraron en el ojo del huracán. ¿Por qué les molestaba que Mía quisiera marcar la diferencia? ¿Por qué atacar a una organización sin fines de lucro que usaba fondos honestamente ganados?. El Odio Inexplicable; Julio César no entendía. "¿Qué les pasa?", preguntaba una y otra vez. Pero Mía sabía que la lucha por la justicia no siempre era bienvenida. A medida que se acercaban a la verdad, los peligros aumentaban. Los ataques y las amenazas se volvían más frecuentes.

La pareja se sumergió en una red de intrigas y traiciones, porque ahora no solo luchaban contra los responsables de la conspiración, sino también contra el tiempo. Cada paso era una carrera contra el reloj. Pero su espíritu luchador no flaqueaba. Porque, al final, la verdad tendría que prevalecer y saldrían victoriosos.

En el camino, se encontraron con aliados inesperados y enemigos formidables, pero nunca perdieron de vista su objetivo final: proteger a los vulnerables y llevar a los responsables ante la justicia.

La verdad sale a la luz

Finalmente, después de meses de intensa investigación y enfrentamientos, Mía y Julio César lograron desmantelar la conspiración y exponer a los culpables ante la luz pública. Sus acciones valientes y su determinación incansable no solo salvaron sus propias vidas, sino que también permitieron que su trabajo humanitario continuara sin obstáculos.

El mundo celebró su valentía y sacrificio, y Mía y Julio César se convirtieron en símbolos de esperanza y resistencia en la lucha contra la injusticia y la opresión. A pesar de los peligros y las adversidades, su amor y su compromiso mutuo se fortalecieron, demostrando que juntos podían superar cualquier desafío que se interpusiera en su camino.

Un mejor futuro para todos; su historia de amor y humanidad se convirtió en un recordatorio poderoso de la fuerza del amor, la determinación y la solidaridad humana en la búsqueda de un mundo mejor para todos. Y aunque enfrentarían nuevos desafíos en el futuro, Mía y Julio César sabían que mientras estuvieran juntos, podrían superar cualquier cosa que la vida les arrojara.

Capítulo 50

Un nuevo giro en la historia

Mientras Mía y Julio César continuaban con su labor humanitaria y su lucha contra la conspiración, un nuevo personaje entraba en escena: Li Wei, industrial y dueño de una influyente compañía en Beijing. "El contrato de Mía ya se había cumplido y terminado". Desde el momento en que conoció a Mía Mayte, quedó cautivado por su valentía, su dedicación y su belleza.

Un aliado poderoso se unió a Mía, desde el momento que conoció a la influencer Mía Mayte Millett, Li Wei se propuso conquistarla. Ella sólo lo miraba como un gentil empresario. El sabía que la bella Mía, era una digna, juvenil y hermosa mujer que le ayudaría. Convencido de que juntos podrían lograr grandes cosas, la localizó ofreciéndole su ayuda y apoyo en su labor humanitaria.

Mía no confiaba en Li Wey; Cuando la contactó, se mostró cautelosa ante las atenciones de Li Wei, consciente de su posición de poder y de las motivaciones ocultas que podrían estar detrás de sus gestos amables.

Sin embargo, a medida que pasaba el tiempo, comenzó a apreciar la genuinidad de sus intenciones y el alcance de los recursos que estaba dispuesto a ofrecer para ayudar en su causa, y aceptó el apoyo que le brindaba, porque sabía que era necesario.

Las dudas lo inquietaban

JCésar no dijo nada pero no confiaba en el nuevo aliado: Lo miraba como una persona de doble moral, no dijo nada por su amor a Mía.

Li Wei se convirtió en un aliado indispensable para Mía y Julio César, proporcionándoles fondos, contactos y recursos logísticos que les permitían ampliar su trabajo humanitario y llegar a más personas necesitadas. Aunque su relación con Li Wei era complicada y llena de desconfianza, Mía sabía que no podía ignorar el valor de su ayuda en su misión compartida de hacer del mundo un lugar mejor.

¿JC empezó a sentir celos?

Sin embargo, a medida que la relación entre Mía y Li Wei se profundizaba, Julio César comenzaba a sentirse cada vez más incómodo con la presencia del industrial en sus vidas. Sus instintos le decían que no todo era lo que parecía y que Li Wei podía tener motivaciones ocultas detrás de su generosidad.

¿Atrapada en un triángulo amoroso?: Mientras tanto, se debatía entre la gratitud por la ayuda de Li Wei y la lealtad hacia Julio César, sin saber que su relación con el industrial la llevaría por un camino lleno de peligros y dilemas morales. A medida que la trama se complicaba, Mía se encontraba atrapada en un triángulo y una red de intrigas que pondrían a prueba su fé en sí misma y en los demás.

Capítulo 51

EL SECUESTRO DE MIA

Al transcurso de los días y a medida que la relación de planes altruistas entre Mía y Li Wei se profundiza, Julio César comienza a sentirse cada vez más preocupado y desconfiado. Sus instintos le advierten que algo no está bien y que Li Wei podría tener motivaciones ocultas detrás de su aparente generosidad. Sin embargo, Mía, cegada por la gratitud y el afecto que siente por Li Wei, no escucha las advertencias de Julio César.

Quien está detrás de el atentado: Un día, mientras Mía se encuentra trabajando en uno de los proyectos humanitarios financiados por Li Wei. !!Es secuestrada por un grupo de hombres armados!!. La noticia del secuestro de Mía sacude a todos los que la conocen, especialmente a Julio César, quien se siente culpable por no haber podido protegerla.

Las redes se inundan de protestas

A medida que las horas pasan y no hay noticias del paradero de Mía, la angustia y la desesperación se apoderan de Julio César y de todos aquellos que la aman. Más de tres millones de seguidores de la bella influencer en las redes sociales se desbordan pidiéndole y rogándole a los secuestradores; por favor, que la liberen y Li Wei, aparentemente consternado por lo sucedido, ofrece su ayuda para encontrar a Mía y rescatarla de sus captores.

Quién es el autor del secuestro

Sin embargo, a medida que avanza la investigación, Julio César comienza a sospechar que Li Wei podría estar involucrado en el secuestro de Mía. Las pistas y los indicios apuntan cada vez más hacia el industrial, revelando una red de engaños y traiciones que ponen en peligro la vida de Mía y la integridad de su trabajo humanitario.

Julio César se embarca en una carrera contra el tiempo para encontrar a Mía y descubrir la verdad detrás de su secuestro. Con la ayuda de Li Wei, y aliados inesperados enfrentando obstáculos cada vez mayores, se adentra en un mundo oscuro y peligroso donde nada es lo que parece.

El coraje y la fe de Mía

Mientras tanto, Mia se encuentra prisionera de sus captores, enfrentándose a peligros inimaginables mientras lucha por mantener viva la esperanza de ser rescatada. Con cada día que pasa, su determinación y su coraje se fortalecen, prometiéndose a sí misma que sobrevivirá para volver a abrazar a aquellos que ama.

La historia del secuestro de la bella influencer, se convierte en una intensa carrera contra el tiempo, donde el amor, la lealtad y la valentía se enfrentan a la oscuridad y la traición. Y en medio de todo, Mía y Julio César se encuentran a sí mismos y a su relación puesta a prueba en la lucha por la libertad y la justicia.

Capítulo 52

En los confines sombríos de su celda, Mía enfrentaba la oscuridad con una valentía que desafiaba las cadenas que la aprisionaban. Cada día, cada hora, era una batalla contra el miedo y la incertidumbre. Pero su fe en la posibilidad de ser rescatada se mantenía inquebrantable.

La Esperanza en la oscuridad los muros fríos y las miradas amenazantes no lograban apagar la luz interior de Mía. Recordaba las sonrisas de su familia, el abrazo cálido de su madre y la risa contagiosa de su hermano. Eran su ancla en medio de la tormenta. Prometió que sobreviviría.

Mía luchaba por su vida. La historia del secuestro de la influencer se convertía en un thriller implacable. Las redes sociales continuaban pidiéndole a los secuestradores, que la dejen libre. Ella sólo quiere ayudar, ustedes no pueden hacer algo así. !!Liberénla por favor!!. Pedían más de dos millones de seguidores la influencer.

La traición acechaba en las sombras. ¿Por qué alguien quería silenciar a Mía?. Las palabras de aliento, los mensajes de esperanza y las promesas de reencuentro eran su ancla emocional. Pero también enfrentaban dudas y miedos. ¿Podrían superar esta prueba? ¿El amor sería suficiente para vencer la oscuridad?

Inspirados en el espíritu humanitario de Mía

Mientras trabajan para encontrar a Mía; Mei Lyn y Wang Song también se comprometen a unirse a Julio César y el grupo de voluntarios en su labor humanitaria en Beijing.

Inspirados por el espíritu de ayuda y solidaridad de Mía, deciden dedicar sus esfuerzos a ayudar a las personas necesitadas en la ciudad, utilizando su influencia y recursos para marcar una diferencia positiva en la vida de los demás.

-JC, Mei Ling y Wang Song; suben un video pidiendo ayuda a los fans de Mía y la respuesta se hizo viral en 60 minutos; más de tres millones de visitas de apoyo y súplica que la liberaran-.

Un multimillonario ayudando a personas pobres

Mei Ling se complacía mirar a su amado Wang Song, involucrarse en labores humanitarias, siendo un empresario millonario y lleno de compromisos y trabajo. Ella lo miraba como su héroe.

Su amor, que alguna vez pareció imposible debido a las convenciones sociales y el paso del tiempo, se convierte en una fuerza poderosa que los impulsa a unirse en su misión de ayudar a los demás y encontrar a Mía. A medida que enfrentan desafíos y peligros juntos, descubren que su amor es verdaderamente inquebrantable y que pueden superar cualquier obstáculo que se interponga en su camino.

Capítulo 53

Un nuevo aliado se une a la busqueda; su mentor y amigo de Mía, Chen Wei. Wang Song, pide que se acelere la investigación que los lleva por un laberinto de pistas confusas y peligrosas, enfrentándolos a enemigos poderosos y oscuros secretos que amenazan con destruir todo lo que Mía ha trabajado y construído.

A medida que desentierran la verdad, se dan cuenta de que Mía está en peligro de una manera que nunca habían imaginado y eso mantenía a JC con mucha preocupación, preguntando a las autoridades si se podía involucrar como voluntario en la búsqueda y rescate, cosa que no lo dejaron y eso lo decepcionó mucho.

En las redes sociales muchos preguntaban si podían unirse a las brigadas de rescatistas. Mientras tanto, Mía se enfrenta a su propia lucha por la supervivencia en manos de sus captores. Encerrada en un lugar desconocido y enfrentándose a peligros constantes, lucha por mantenerse fuerte y mantener viva la esperanza de ser rescatada por aquellos que la aman.

La tensión aumenta a medida que Chen Wei, Mei Lyng, Wang Song y Julio César se acercan al paradero de Mía y a la verdad detrás de su secuestro, apoyados con la multitud de mensajes que recibían de los seguidores de Mía Mayte Millett. Con cada paso que dan, se encuentran con más obstáculos y peligros, que no logran superar .

Mei Lyn está molesta y preocupada por la salud y el bienestar de Mía

En medio del caos y la incertidumbre, el coraje y la determinación se convierten en su mayor fuerza, impulsándolos hacia adelante incluso cuando todo parece perdido. Con el destino de Mía en juego, están dispuestos a arriesgarlo todo para traerla de vuelta a salvo y detener a aquellos que intentan dañarla.

La historia se convierte en una emocionante carrera contra el tiempo, donde cada giro y giro lleva a Mei Lyn, Wang Song, Julio César y Chen Wei; más cerca de la verdad y más lejos de la seguridad. Pero están decididos a enfrentarse a los peligros y luchar por lo que es justo, sin importar las consecuencias.

Carrera contra el tiempo

Mientras sus amigos y su amor platónico, continúan su búsqueda desesperada de Mía; esta se encuentra prisionera en un lugar desconocido, en manos de sus secuestradores. Encerrada en una habitación obscura y fría, Mia lucha por mantenerse fuerte mientras espera su destino incierto.

Los días pasan lentamente, cada uno más angustiante que el anterior. Mia enfrenta la amenaza constante de sus captores, quienes la mantienen bajo estricta vigilancia y la someten a interrogatorios intimidantes en un intento por descubrir información sobre sus actividades humanitarias.

Capítulo 54

La esperanza de ser rescatada parecía imposible

A pesar de las difíciles condiciones en las que se encuentra, Mía se aferra a la esperanza de ser rescatada por aquellos que la aman. Recuerda con cariño los momentos felices que compartió con Julio César, y las personas que la rodeaban, y encuentra consuelo en la creencia, de que ellos harán todo lo posible por traerla de vuelta a salvo.

La Enbajada de USA entra en acción

Mientras tanto, en el exterior, Chen Wei, Mei Lyn, Wang Song y Julio César trabajan sin descanso para descubrir el paradero de Mía y rescatarla de sus captores. JC y Wang Song deciden avisar a la Enbajada Americana. -No lo habían hecho porque los secuestradores se los prohibieron-. Siguen cada pista y persiguen cada rumor en su búsqueda desesperada de encontrarla, enfrentándose a peligros y obstáculos en cada paso de la busqueda.

La tensión aumenta a medida que el tiempo avanza y las esperanzas de encontrar a Mía disminuyen. Sin embargo Mei Lyn, Wang Song, Chen Wei y Julio César se mantienen firmes en su determinación de no rendirse hasta que la encuentren y la traigan de vuelta a salvo, sin importar los desafíos que enfrenten en el camino. Se prometieron que sólo ellos tres y la Embajada Americana sabían, que los había puesto alertas y se felicitaron por ello.

La Embajada Americana en la historia

Desesperados por encontrar a Mía Mayte Millett, decidieron y se prometieron llevar toda la información que tenían hasta ese momento, JCésar, Wang, Chen Wei y Mei Ling; les prometen que cooperarían en todo lo que necesitara la Embajada Americana en Beijing. A pesar del riesgo de represalias por parte de los secuestradores, están decididos a agotar todas las opciones para encontrar a Mía y traerla de vuelta a salvo.

Mantener la situación en completo secreto

Con el corazón acelerado por la anticipación, se dirigen a la embajada, llevando consigo toda la información, que tienen sobre el secuestro de Mía, y los posibles sospechosos detrás de él. Una vez allí, son recibidos por funcionarios de la embajada que escuchan atentamente su historia y evalúan la gravedad de la situación.

Wang Song le promete a JC que sus guardaespaldas también lo protegerían

La Embajada Americana, consciente de la gravedad del caso y de la urgencia de la situación, decide tomar medidas inmediatas para ayudar en la búsqueda de Mía. Al mismo tiempo también; Mei Ling, JC, Wang, y Chen Wei, junto a los agentes se coordinan con las autoridades locales; y se movilizan recursos adicionales para intensificar los esfuerzos de búsqueda y rescate.

Capítulo 55

Se intensifica la investigación

Al mismo tiempo, se toman medidas para garantizar la seguridad de Julio César, Mei Ling, Wang Song y Chen Wei; quienes corren un grave riesgo al involucrar a la Embajada en el caso.

Se les ofrece protección, y se les insta a mantenerse vigilantes mientras continúan colaborando con las autoridades en la búsqueda de Mía Mayte Millett.

Con el apoyo de la Embajada Americana, la investigación toma un nuevo impulso y se acercan cada vez más al paradero de Mía y a los responsables de su secuestro.

Los días pasan y la tensión aumenta, la esperanza de encontrar a Mía y traerla de vuelta a salvo se vuelve más fuerte que nunca. En las redes sociales siguen las súplicas que la dejen en libertad.

La historia se convierte en una emocionante carrera contra el tiempo, donde la colaboración, se convierte en la clave para desentrañar el misterio, del secuestro injusto y perverso, y llevar a los responsables ante la justicia. -Una fans de la bella Mía ofrece una pista que les parece interesante a las autoridades y grupos de búsqueda-. -Es increíble la difusión de los miles de videos cortos donde le brindan su apoyo y le piden que mantenga la fé-.

Con el apoyo de la Embajada Americana, los esfuerzos para encontrar a Mía se intensifican. Se despliegan equipos de búsqueda adicionales, y se realizan investigaciones exhaustivas; se coordinan operaciones encubiertas para seguir cada pista y descubrir su paradero. "Estamos contigo Cenicienta, le decían sus fans, en las redes sociales".

Mientras tanto, en su cautiverio, Mía se aferra a la esperanza de ser rescatada. Hay una mujer en el grupo de secuestradores que tiene consideraciones especiales con ella. -Cuando le llevaba la comida le hablaba en secreto que todo estaba bien, y eso la ponía alegre por momentos y pensaba que debía estar alerta-.

La mujer del grupo de terroristas
parecía que quería ayudarla

A pesar de las condiciones difíciles y el constante peligro que enfrenta, encuentra fuerzas en los recuerdos de sus seres queridos. La bella influencer sólo estaba ayudando a los más pobres y necesitados. -No la movían intensiones políticas ni de fama-. -Mía era una de las influencers más querida de las benditas redes sociales-.

En la embajada, J. César, Wang y Chen; trabajan estrechamente con los funcionarios y los equipos de búsqueda, proporcionando información clave y apoyo en la investigación. A medida que colaboran juntos, se fortalece su determinación de encontrar a Mía y llevarla de vuelta a salvo a casa.

Capítulo 56

Intensa búsqueda que dá frutos

Aumenta la angustia y la tensión, a medida que pasan los días y las esperanzas de encontrar con vida a Mía Mayte Millett, se vuelven más frágiles. -En las redes sociales imploraban que la liberaran-.

Sin embargo, Mei Ling, Julio César, Wang Song y los equipos de búsqueda no se dan por vencidos, comprometidos a seguir adelante hasta que Mía sea encontrada sana y salva y los responsables de su secuestro sean llevados ante la justicia.

Después de días de intensa búsqueda y angustia, finalmente se produce un avance importante. Las fuerzas de seguridad localizan el lugar donde está retenida y lanzan una operación de rescate audaz para liberarla.

En las redes sociales se viraliza todo
lo que acontece con el secuestro y
esperan un final felíz

La tensión alcanza su punto máximo mientras las fuerzas de seguridad se enfrentan a los secuestradores en un enfrentamiento desesperado; con determinación y coraje, !!Mía es rescatada sana y salva!!, poniendo fin a su pesadilla y trayéndola de vuelta a los brazos de J. César: Chen, Wang y Mei, agradecían a las autoridades, el éxito de la misión.

En la oficina de la Fundación todo es alegría

La historia culmina, con un final lleno de emoción y alivio, mientras Mía es recibida con alegría por aquellos que la han buscado incansablemente. A pesar de los peligros y los desafíos que enfrentaron en su camino, su amor y determinación prevalecieron, demostrando que juntos pueden superar cualquier obstáculo que la vida les presente.

En las redes, millones de seguidores de la influencer Mía Mayte Millett, estaban felices y los mensajes de apoyo llegaban todos los días.

Desenmascaran a los autores intelectuales del secuestro: Después del emocionante rescate. La investigación continúa para identificar y llevar ante la justicia a los responsables intelectuales detrás de su secuestro. Con la ayuda de la Embajada Americana, las autoridades locales intensifican sus esfuerzos y siguen cada pista, decididas a descubrir la verdad detrás del oscuro complot.

Las investigaciones exhaustivas que llevaron semanas de seguimientos meticulosos, finalmente se revela la verdad. Los autores intelectuales detrás del secuestro de Mía resultan ser una red de figuras poderosas con intereses ocultos.

Se descubre que estaban motivados por la creciente influencia y el éxito de Mía en sus esfuerzos humanitarios, y veían su trabajo como una amenaza para sus propios intereses.

Capítulo 57

Con la evidencia en su contra, las autoridades llevan a cabo una serie de arrestos, y a los responsables ante la justicia. La verdad sale a la luz, y aquellos que intentaron silenciar a Mía y detener su labor humanitaria, enfrentan las consecuencias de sus acciones.

Esperaban que los arrestados confesaran a las autoridades el nombre; o los nombres de los autores intelectuales del secuestro. -Después de la tempestad viene la calma-.

Mía Mayte Millett y Julio César, se recuperan del trauma, y encuentran consuelo y fortaleza en su amor y apoyo mutuo. Chen Wei, Mei Ling y Wang Song, se alegran que todo terminó bien, sin que nadie saliera herido, y que la hermosa influencer, esté sana y salva.

A pesar de los desafíos que enfrentaron, su determinación de seguir adelante y continuar con su trabajo humanitario es inquebrantable.

El nombre de Mía era motivo historias de inspiración, su valiente lucha contra la adversidad se convierte en un símbolo de esperanza y resiliencia, inspirando a otros a seguir adelante a pesar de las dificultades. Y aunque el camino hacia la justicia y la redención fué largo y difícil, Mía y sus amigos, saben que juntos pueden superar, cualquier obstáculo que se interponga en su camino hacia un mundo mejor para todos.

La historia y las ofertas millonarias

Y, después del impacto del secuestro y su valiente rescate, Mía se convierte en un símbolo de inspiración y fortaleza en las redes sociales, los videos que subía a su blog se hacían virales, era como la cenicienta que todo mundo quiere conocer.

Su historia de supervivencia y su dedicación a la ayuda humanitaria la catapultaron a la fama mundial, y las ofertas millonarias para convertirse en la imagen de diversos productos inundan su bandeja de entrada.

A pesar de la tentadora oferta de fama y fortuna, Mía sigue fiel a su compromiso con la ayuda humanitaria y utiliza su plataforma para concientizar sobre las causas que más le importan. Continúa trabajando incansablemente para mejorar la vida de los menos afortunados.

La invitación a New York

Mientras tanto, Mei Lyn y Wang Song invitan a Mía y Julio César, a unirse a ellos en Nueva York para conocer a su hija, Lynn Yun, y a su esposo Jimmy Karter. Lynn, que ha seguido los pasos de sus padres en el mundo de los negocios y la filantropía, está emocionada de conocer a Mía y para saber como empezó el proyecto: "Primero los pobres", y que le comparta historias emocionantes y experiencias. -Como fué que logró impactar a millones de fans en todo el mundo-.

Capítulo 58

New York la gran urbe

El encuentro en Nueva York, está lleno de alegría y emociones. Mía y J. César, son recibidos con los brazos abiertos por Mei Lyng, Wang Song, Lynn Yun y Jimmy.

A medida que se conocen mejor, descubren que comparten valores y objetivos similares, y discuten sobre posibles colaboraciones futuras en proyectos humanitarios y empresariales. La unión de sus fuerzas promete un futuro brillante y lleno de posibilidades para hacer del mundo un lugar más justo y equitativo para todos.

La historia de Mía Mayte Millett es una historia de amor, amistad y solidaridad, que demuestra que juntos pueden superar cualquier obstáculo y lograr grandes cosas. Y mientras continúan su viaje juntos, saben que el futuro está lleno de promesas y oportunidades para hacer una diferencia real en el mundo.

Lo primero que vamos a hacer le dice Lynn a Mía es pasear por el Times Square, y vamos a comer al restaurant Carmine's; tienen una comida italiana que les va a gustar.

-Después nos vamos al Puente de Brooklyn, uno de los lugares para visitar en Nueva York-. -Después nos vamos a caminar al Central Park-, jajaja rieron, para bajar la comida, porque está super deliciosa.

Cómo se conocieron Mía,
Mei Ling y Wang Song

Mei Ling y Wang Song, empresario industrial millonario con un corazón generoso, se encontraban con su esposa Mei Ling en una exclusiva cena de gala benéfica en Beijing. El evento estaba repleto de personas influyentes y adineradas, pero Mei Ling y Wang Song no estaban allí simplemente por el glamour; estaban comprometidos con la causa y buscaban formas de ayudar a los menos afortunados en su comunidad.

Fué en esta gala donde se encontraron con Mía, una joven apasionada y dedicada a la causa humanitaria. asistía como "Invitada de Honor"; debido a su incansable trabajo en la ayuda a las comunidades más vulnerables de Beijing.

Visión compartida y un mundo mejor

Mei Ling y Wang Song quedaron impresionados por la determinación y el compromiso de Mía, les impresionó como había abierto una Fundación sin ánimo de lucro usando su dinero, y se acercaron para conocerla.

Ellos compartían valores similares y una visión compartida, hacer del mundo un lugar mejor para todos. El lema de Mía; "Primero los pobres". Ella era una influencer con millones de seguidores. Mei Ling y Wang Song se sintieron inspirados por la pasión y el espíritu de Mía, y se convirtieron en aliados en su labor humanitaria.

Capítulo 59

A lo largo de los meses siguientes, Mei, Wang, Mía y J. César, trabajaron juntos en varios proyectos humanitarios. A medida que colaboraban estrechamente, su amistad se fortalecía y se convertía en una fuerza poderosa en la lucha contra la injusticia. -Chen Wei siguió su agenda de trabajo por varios países-.

El encuentro en la gala benéfica no solo marcó el comienzo de una hermosa amistad, sino también el inicio de una colaboración significativa que cambiaría vidas y demostraría que, juntos, podrían lograr grandes cosas en la búsqueda de un mundo más justo y equitativo.

A medida que Mei Ling, Wang Song, Mía y J. César colaboraban en sus proyectos humanitarios, su amistad se profundizaba aún más. -Los videos donde Mía y Mei Lin, salían juntas se hacían virales de una manera extraordinaria. -Mei eres una señora hermosa le decían-.

Mei Ling y Wang Song quedaron impresionados por la dedicación y el compromiso de Mía y JCésar, quienes demostraban una compasión, y una fuerza de voluntad excepcionales en su trabajo. Por su parte, Mía encontró en Mei Ling y Wang Song no solo aliados en su misión, sino también amigos en quienes podía confiar y apoyarse en momentos difíciles. -Saben que pueden contar con norotros siempre les dijo Mei Ling-.

Mía pensaba que si podría confiar plenamente en Li Wei

A medida que pasaban el tiempo juntos, compartían momentos de alegría, superaban desafíos juntos y celebraban los logros de su trabajo humanitario. Su amistad se convirtió en un refugio de apoyo mutuo en un mundo lleno de desafíos y adversidades.

Mientras tanto, la relación entre Mei Ling, Wang Song y Li Wei, quien era amigo de Wang Song, agregaba una dimensión adicional a su dinámica. Li Wei era un poderoso industrial con sus propios intereses y agendas, su conexión con Wang Song no afectaba la solidez del vínculo entre Mei Ling, Wang Song y Mía.

El equipo completo

Juntos, Mei Ling, Wang Song, Mía y JC, demostraron que la amistad y la colaboración pueden trascender las diferencias y los desafíos. Su trabajo humanitario no solo impactaba positivamente en la comunidad de Beijing, sino que también fortalecía los lazos entre ellos, demostrando que, cuando se unen en una causa común, pueden lograr cambios significativos y duraderos.

En la actualidad, y con la integración de Julio César E. de la Torre al equipo, Mei Ling, comentaba que una vez el equipo, completo nadie los pararía, jajaja, y reía como una colegiala; Wang celebraba con mucho entusiasmo.

Capítulo 60

Mientras Julio César regresa a California por la enfermedad de su madre, Mía se encuentra en Beijing, continuando con su labor humanitaria. Sin embargo, su vida dará un giro inesperado, cuando Maxanne, regresa a escena decidida a conquistarlo. y no le importaba a quien afectara. -Ella era hija única, su padre un famoso y adinerado abogado de Los Angeles-

Maxanne consciente del amor de Julio César por Mía, no vacila en tramar un plan retorcido para separarlos. Con su encanto y manipulación, comienza a acercarse a Julio César, sembrando dudas en su mente sobre su relación con Mía y aprovechando cada oportunidad para minar su confianza en ella.

Mientras tanto, en Beijing, Mía comienza a notar un cambio en la actitud de Julio César en sus comunicaciones. Sus llamadas y mensajes se vuelven más distantes y reservados, y Mía comienza a preguntarse si algo anda mal. Sin embargo, sus preocupaciones se ven eclipsadas por su trabajo humanitario y la necesidad de concentrarse en las personas que más lo necesitan.

A medida que pasa el tiempo, las sospechas de Mía aumentan cuando Julio César comienza a mostrar una actitud cada vez más reservada y evasiva. Comienza a temer lo peor, preguntándose si su amor por ella ha comenzado a desvanecerse.

Intrigas y tensión que lastiman a la bella influencer Mía Mayte Millett

Maxanne es astuta, y continúa con su juego de manipulación, sembrando mentiras y engaños para alejar a Julio César de Mía. Aprovechando sus conexiones y recursos, Maxanne se embarca en una campaña; para destruir la relación de Julio César y Mía, sin importar las consecuencias.

El suspenso, la intriga y la tensión alcanzan su punto máximo cuando Mía descubre un video, donde ella y J.César se abrazan y se besan apasionadamente, la intriga por separarla de su amado le está dando resultado a la cruel Maxanne. Con el corazón destrozado por la traición, Mía se enfrenta a una encrucijada. Piensa si es bueno luchar por su amor o dejarlo ir para siempre.

La historia y la malas intensiones de la amiga de la escuela, se convierten en una lucha constante. Mientras Mía luchaba por proteger su relación con Julio César y desenmascarar los oscuros secretos de Maxanne; parece que ya fué demasiado tarde. En medio del caos y la confusión, Mia debe encontrar la fuerza y la determinación para enfrentarse a los desafíos que se interponen en su camino y luchar por el amor que tanto valora.

Para proteger su amor con Julio César y desenmascarar los oscuros secretos de Maxanne , Mía se sumerge en una búsqueda frenética de la verdad.

Capítulo 61

A pesar de las pruebas y tribulaciones que enfrentaron, su amor prevalece, demostrando que juntos pueden superar cualquier desafío que la vida les presente. La historia de Mía, Julio César y Maxanne es una lección sobre el poder del amor verdadero para superar los obstáculos más difíciles y las manipulaciones más oscuras.

Mientras continuaba con su labor humanitaria en Beijing, Maxanne, alimentada por su obsesión por la fama y la influencia en las redes sociales, trazaba un plan retorcido para alejar a Julio César de ella. Con su creciente envidia, por la popularidad de Mía, como influencer, Maxanne veía a Julio César como la clave para alcanzar un nuevo nivel de reconocimiento y éxito en las redes sociales.

Con cada publicación y cada foto cuidadosamente elaborada, Maxanne se esforzaba por proyectar una imagen de vida perfecta y felicidad, utilizando a Julio César como su trofeo de status social. Sin embargo, su sed de fama la llevó a manipular y engañar, sembrando dudas en la mente de Julio César sobre su relación con Mía.

Maxanne no se detuvo, ante nada para conseguir lo que quería, incluso si eso significaba destruir, el amor verdadero entre Julio César y Mía. Utilizó sus conexiones y recursos para difundir mentiras y rumores sobre Mía, socavando la confianza de Julio César y alimentando su inseguridad. Parecía que ese amor no duraría.

Mientras tanto, en Beijing, Mía comenzó a notar el distanciamiento de Julio César y se enfrentó a la angustia de ver cómo su relación se desmoronaba ante sus ojos. A pesar de sus intentos por mantenerse firme, la sombra de la duda y la desconfianza comenzó a oscurecer su amor.

Con el corazón destrozado, Mía luchó por encontrar la verdad detrás de los cambios en la actitud de Julio César. Sus sospechas la llevaron a descubrir los oscuros secretos y manipulaciones de Maxanne, dejándola con una mezcla de dolor y determinación.

Finalmente, cuando la verdad salió a la luz, Julio César se enfrentó a la difícil realidad de las acciones de Maxanne y el daño que había causado. Mientras luchaba por recuperar la confianza de Mía, se dió cuenta del precio que había pagado por perseguir la fama y el reconocimiento a cualquier costo.

La historia de Mía, Julio César y Maxanne; es un recordatorio sombrío de los peligros de la ambición desenfrenada y la manipulación egoísta. A pesar del sufrimiento y la traición, Mía encontró la fuerza para perdonar y seguir adelante; Julio César aprendió la lección dolorosa.

Mientras que Maxanne, enfrenta las consecuencias de sus acciones, se da cuenta de que la verdadera felicidad no se encuentra en la fama y la fortuna, sino en el amor y la honestidad; solo que a ella no le importa nada del amor verdadero.

La propuesta de matrimonio

Chen Wei, el mentor secreto y amigo de Mía, le hace una bonita propuesta. -Siempre ha estado enamorado de ella-. ¿Quieres casarte conmigo Mía?. La propuesta, la sorprendió enormemente; no la esperaba. ¿Debería Mía aceptar la propuesta de matrimonio de su amigo y mentor secreto, el millonario chino Chen Wei?.

-Tú sabes que no te amo Chen-; -Sí, lo sé, pero creo que con el tiempo todo puede cambiar, le contestó él-. -Yo sé que es dificil para tí esta propuesta, solo te pido tiempo para ganarme tu cariño, y tal vez tu amor-. -Subió un video de la propuesta de Chen, y se hizo viral en 30 minutos, miles le aconsejaban que aceptara-.

En medio de su desesperación, la propuesta de matrimonio inesperada de su mentor, no le pareció descabellada. El motivador y millonario Chen Wei convertido en su consejero; había sido su apoyo silencioso durante algún tiempo. A pesar de su sorpresa, Mía se encontró intrigada por la propuesta de Chen Wei. Él representaba estabilidad, seguridad y un futuro prometedor, cualidades que parecían estar ausentes con Julio César.

Ella sabía que aceptar la propuesta de Chen Wei significaba renunciar a su amor por Julio César y dejar atrás la posibilidad de un futuro juntos. A medida que reflexionaba sobre su decisión, Mía se enfrentaba a una encrucijada emocional.

Capítulo 62

En última instancia, después de mucha deliberación y reflexión, Mía tomó la difícil decisión de aceptar la propuesta de matrimonio de Chen Wei. A pesar del dolor y la tristeza que sentía al dejar atrás su amor por Julio César, sabía que necesitaba seguir adelante con su vida y buscar la felicidad que tanto anhelaba.

La noticia de la decisión de Mía, dejó a Julio César devastado y lleno de remordimiento por no haber luchado más por su relación. A medida que Mía se preparaba para comenzar una nueva vida con Chen Wei, Julio César se enfrentaba a la realidad de lo que había perdido y se preguntaba si alguna vez podría recuperar su amor.

La historia de Mía, Julio César y Chen Wei es una lección sobre el poder del destino y las decisiones que tomamos en el amor. Aunque el camino hacia adelante puede estar lleno de incertidumbre y desafíos, cada uno de ellos sigue su propio camino en busca de la felicidad.

La historia del mentor secreto de la bella influencer Mía Mayte Millett toma un giro dramático de suspenso y dramatismo. Chen Wei, era un enigmático empresario chino que había construido un vasto imperio empresarial en el corazón de Beijing. A pesar de su éxito y riqueza, Chen Wei era conocido por su discreción y su filantropía, trabajando incansablemente para mejorar las condiciones de vida de las comunidades más necesitadas en China.

Acepta la propuesta de matrimonio

La bella influencer Mía conoció a Chen Wei; mientra modelaba para un gran desfile de moda en Beijing. Impresionada por su dedicación y generosidad, Mía buscó su orientación y consejo en varios aspectos de su trabajo-. A medida que su relación crecía, Chen Wei se convirtió en su mentor y amigo, brindándole apoyo y dirección en su búsqueda de hacer del mundo un lugar mejor.

Lo que Mía no sabía era que Chen Wei; había estado observándola desde lejos durante mucho tiempo, cautivado por su amor a los pobres y determinación para marcar una diferencia. A medida que su relación se desarrollaba, Chen Wei encontró en Mía una fuente de inspiración y esperanza en su mundo.

Chen Wei era mucho más que un empresario exitoso; era un hombre de corazón bondadoso y generoso que siempre buscaba oportunidades para ayudar a los demás. Desde el momento, en que conoció a Mía Mayte Millett, vió en la juvenil influencer, carisma y un potencial excepcional y una determinación que lo inspiraba. -El había quedado viudo hace mucho tiempo-. -No le interesaba nadie hasta que conoció, a la bella influencer, Mía Mayte Millett-.

Como mentor de Mía, Chen Wei compartió su sabiduría y experiencia, guiándola con paciencia y aliento en su camino hacia el éxito. Siempre estaba dispuesto a escuchar, aconsejar y apoyarla en sus desafíos.

Un mentor admirable

Más allá de su papel como mentor, Chen Wei también era un confidente para Mía. Con su calidez y su sonrisa reconfortante, siempre ls ayudó. Una de sus frases favoritas era: "Recuerda que al pasado no necesitamos extinguirlo No, no podemos editarlo, no podemos cambiarlo. Lo que sólo necesitamos es, aceptarlo, superarlo y avanzar hacia adelante" E.A, Martínez Autor y marino

Chen ¿Qué te aflige, querida?" preguntó Chen Wei, mirando el reloj de bolsillo que Mía sostenía con manos temblorosas. Mía titubeó. "Perdí a alguien", susurró. "El pasado me atormenta". Chen Wei asintió. "El pasado es como un reloj roto", dijo. "No podemos cambiarlo, pero podemos aceptarlo y avanzar hacia adelante". Mía lo miró con gratitud. "¿Cómo lo haces, Chen Wei? ¿Cómo superas los momentos perdidos?"

El sonrió. "Cada tic-tac es un recuerdo. Cada engranaje, una elección. A veces, solo necesitamos ajustar el tiempo. Ven, siéntate". Chen Wei abrió el reloj del Tiempo Perdido. Sus engranajes giraban como memorias danzantes. "Aquí", dijo, señalando un pequeño engranaje.

"Este representa el día que perdí a mi esposa. -Su esposa murió en un acidente-. No puedo cambiarlo, pero puedo honrarlo". Wei no solo había sido un mentor para Mía, sino también un ejemplo de bondad y generosidad. -La bella influencer, siempre supo que era viudo-.

Capítulo 63

En las redes sociales todo parecía que estaba todo bien, mientras tanto, en California, Julio César luchaba por aceptar la pérdida de Mía y la decisión que había tomado. Determinado a descubrir la verdad detrás de la repentina aparición de Chen Wei en la vida de Mía, se embarcó en una búsqueda desesperada de respuestas. No sabía que hacer y eso lo deprimía grandemente.

La historia de Mía y Julio César; es una intrincada tela de desaciertos cometidos por la juventud. "Amigas y amigos, recuerden siempre, que el tiempo les otorgará la perspectiva que necesitan para reirse de eso, que hoy les parece un gran problema" E.A. Martínez Autor y marino.

Un capítulo nuevo en la vida de Mía Mayte Millett

A medida que Mía se adentraba más en la nueva etapa de su vida, se daba cuenta que había tomado la desición correcta; su mentor y prometido era extraordinariamente inteligente, carismático, además de ser un filántropo, era bondadoso con los que menos tienen.

A pesar de sus dudas, Mía se esforzaba por ignorar su corazón y su tristeza, y concentrarse en su compromiso con Chen Wei. Trataba de convencerse a sí misma de que estaba haciendo lo correcto, de que este nuevo capítulo en su vida era el comienzo de una nueva etapa de felicidad y estabilidad. en las redes, brevo Cenicienta es todo.....

Sin embargo, en la mente de la bella influencer, las sombras del pasado seguían acechando en las profundidades de su mente, recordándole las palabras de Julio César; que siempre la amaría, y las dudas que habían sembrado en su corazón, la inquietaban.

Mientras tanto, en California, Julio César continuaba su búsqueda desesperada de respuestas. El no acostumbraba beber alcohol, mucho menos asistir a bares, pero aceptó ir con unos amigos a una fiesta y tomar bebidas embriagantes. Como no estaba acostumbrado al alcohol y abrumado por el rechazo de Mía aceptó, pero al otro día se prometió que nunca volvería a pasar.

Con el corazón lleno de determinación y temor, Julio César se embarcó en un viaje que lo llevaría al corazón mismo de la verdad. A medida que pasaban los días, se daba cuenta que había perdido para siempre a su amada Mía Mayte Millett.

La desesperación de Julio César, su dolor y desesperación lo hicieron, imaginar que el destino de Mía, al decidir casarse con Chen Wei estaba entrelazado en una danza peligrosa de engaños, donde cada movimiento podía significar la diferencia entre la tranquilidad de la vida. En su mente se acentuaba que el drama, y que se desarrollaba como el lo soñaba. El sabía que se enfrentaba a una elección difícil: En su dolor se maginaba que tendría que enfrentar la verdad y arriesgarlo todo, o sucumbir a las sombras que los acechaban en la oscuridad.

Mientras se preparaba para su suntuosa boda en Beijing: Una tarde soleada en Guadalajara, Jalisco, México; sus tíos; hermanos de su madre, Jorge y María, se encontraban sentados en el tranquilo jardín de su hogar. El correo acababa de llegar, trayendo consigo una invitación que cambiaría la vida de Mía para siempre.

María la esposa de su tío Jorge, abrió el sobre adornado con elegantes filigranas doradas, revelando el contenido. Dentro, una invitación, elaborada con caligrafía exquisita anunciaba la boda de Mía con el empresario Chen Wei en Beijing, China. Les pedía que si su tío Jorge podía entregarla, en la entrada de la iglesia, como indica la tradición occidental.

Jorge y María intercambiaron miradas de sorpresa y emoción al leer la invitación. La idea de viajar a China para presenciar la unión de su querida sobrina; llenaba sus corazones de alegría y orgullo. Después de todo, este sería un evento que recordarían por el resto de sus vidas. Rápidamente hablaron con Verónica su hija para anunciarle la noticia y para que se preparara para el viaje.

Sin perder un momento, María tomó el teléfono y marcó el número de Mía en Beijing para saludarla. Del otro lado del mundo, recibió la llamada con alegría y anticipación, emocionada de compartir este momento especial con sus queridos tíos, -Jorge era hermano de su madre-. Jorge y María se prepararon para emprender el viaje a Beijing, China; para la boda de su sobrina.

Capítulo 64

El desarrollo de la suntuosa boda entre el mentor Chen Wei y la bella influencer Mía Mayte Millett, y así se revelaba la verdadera personalidad honrada de Chen Wei; un acontecimiento extraordinario en la capital de China.

A medida que la fecha de la boda se acercaba, Beijing se preparaba para uno de los eventos más suntuosos y esperados del año. La unión entre el influyente empresario Chen Wei y la carismática influencer humanitaria, Mía Mayte Millett; había capturado la atención de la ciudad, convirtiendo la ceremonia en un espectáculo deslumbrante de opulencia y elegancia.

El día de la boda llegó. Al evento llegaron invitados de Guadalajara, México, hermanos de su madre y unas primas, que habían sido invitadas con anticipación. Jorge su tío, hermano de su madre fué el encargado de entregar a la bella novia. Mía se encontró caminando por el pasillo hacia el altar, mientras Chen Wei; con emoción y aprehensión la esperaba. A medida que intercambiaban votos y anillos, el sol brillaba sobre ellos, iluminando el camino hacia un nuevo comienzo lleno de promesas y posibilidades.

La ceremonia fué seguida por una recepción magnífica. Entre los invitados se encontraban importantes figuras políticas, empresariales y sociales, todos reunidos para celebrar la unión de dos almas destinadas a estar juntas, entre ellas, Mei ling y Wang Song.

"Despúes de la tempestad, viene la calma, dice un dicho". La vida de la bella influencer parecía un cuento de hadas. en las redes la felicitaban por miles asegurandole a Mía; que ella merecía un buen matriminio, despúes de todo lo que le había pasado. El secuestro sobretodo y la desagradable etapa en la que Maxanne, que siempre le tuvo envidia y celos. Por ahora todo pasaba a la historia.

La boda de Mía en Beijing fue un evento deslumbrante que dejó a todos los invitados maravillados. La ceremonia estuvo llena de romance y elegancia, con los bellos sonídos de la música china matrimonial llenando el aire, mientras Mía, radiante en su vestido blanco, caminaba hacia Chen Wei con una sonrisa en su rostro y el corazón agradecido.

Después de la ceremonia, la pareja se embarcó en un viaje de bodas que los llevó a lugares exóticos y emocionantes en todo el mundo. Desde las playas vírgenes de las islas Maldivas hasta los antiguos templos de Kyoto, Mía y Chen Wei exploraron juntos los rincones más remotos del planeta. -Las redes sociales se desbordan felicitándola, bravo Mía; mereces eso y más, te amamos-.

Mientras tanto, en su vida como influencer, Mía experimentaba un nuevo nivel de éxito y reconocimiento. Su boda con Chen Wei la había elevado aún más en la esfera pública, atrayendo la atención de marcas de lujo y revistas de moda de todo el mundo que buscaban asociarse con la bella y talentosa influencer. Y que ella rechazó, de momento no quería saber nada de negocios.

Mía, con su carisma inigualable y estilo que desafía tendencias, se convirtió en la musa de millones. Sus redes sociales eran un caleidoscopio de emociones y colores, capturando los momentos más íntimos y exuberantes de su viaje de bodas con Chen Wei. Su influencia, como un faro de luz, traspasaba fronteras, encendiendo la chispa de la esperanza y el amor en corazones alrededor del mundo.

La vida de la bella influencer Mía y Chen Wei se tejía con hilos de confianza y respeto mutuo, una "tapeztría" rica en experiencias compartidas. Su increíble historia era la viva representación del amor como fuerza transformadora, capaz de superar cualquier adversidad. Juntos, descubrieron que el amor verdadero no conoce de límites geográficos ni culturales; es un lenguaje universal que, una vez hablado, puede conquistar cualquier obstáculo.

Al regresar de su viaje de bodas, una semilla de inspiración germinaba en Chen Wei. Era el momento de entrelazar su presente con el pasado de Mía, de conocer a la familia que la había formado, en la vibrante Guadalajara, y Estados Unidos. Con entusiasmo y determinación, presentó la idea a Mía, quien, con ojos brillantes de emoción, aceptó sin vacilar. -Subió contenido a su blog de su viaje-.

Juntos, comenzaron a planificar su viaje a Guadalajara, un viaje que prometía ser más que una simple visita; sería un encuentro de mundos, un puente entre culturas, y una celebración del amor que habían cultivado. La emoción de compartir su felicidad con la familia de Mía era palpable.

Capítulo 65

Mía y Chen Wei regresaron de su viaje de bodas, y se puso en contacto con su tío Jorge, hermano de su madre y con sus primas y primos. Les comentó que su esposo estaba entusiasmado por ir a visitarlos. Había llegado el momento de conocer a la familia de Mía en Guadalajara, Jalisco, México. Chen hablaba un poco el español; siempre le habían interesado la cultura y tradiciones de México.

Con entusiasmo y determinación; -jajaja rieron de buena gana-, Chen Wei propuso la idea a Mía, que quería comer de toda la vasta gama de platillos tradicionales. -A Chen le encantaban los tamales y las enchiladas con frijoles-.

La bella influencer aceptó con alegría la oportunidad de presentar a su esposo a sus seres queridos. Querían planificar los lugares que visitarían además de Guadalajara. Una vez que estuvieron en la hacienda de sus tíos; empezaron a planear con sus primos y primas, cómo viajarían.

Que te parece si vamos a Lagos de Moreno prima, le dice Verónica Alvarez, la prima que más se identificaba con Mía y la lider de la familia. El apellido de su madre era Alvarez. Perfecto prima, me parece bien le contesta Mía.

Después que regresemos, vamos al estadio Jalisco, dijo el primo Arturo, van a jugar este domingo el clásico; Chivas vs. América; jajaja rieron todos. -No sabemos si a Chen le guste el futbol, jajaja-

Mientras Mía y Verónica hacían planes, les avisaron que llegaron Myrna, Raymundo, Jaime, Galo, Efraín y otras primas, primos y tíos; que con mucha alegría, la abrazaban y la invitaban a sus casas: Verónica, que era la líder y la más "aventada", la invita al parque.

-Que te parece si nos escapamos a tomar una nieve al kiosco y te presento a mi prometido Fidel, que es el hijo del dueño, del mejor restaurante del pueblo.

-Claro que sí dijo Mía, Myrna y Arturo; yo me apunto dijo Javier. Se entusiasmaron, síííii, eso sería genial comentaron, además de que podemos pasar a la casa de la tía Martha, que casi no sale porque está poco enferma, le va a dar gusto mirarte, ya que siempre pregunta por tí, diciendo que pronto va a morir y ya no te miraría.

Perfecto me parece genial contestó Mía: Si quieres también podemos ir a Talpa, dijo Fidel, empezó la feria esta temporada y se pone bien alegre; hacen toreadas y echan cuetes; nunca faltan los danzantes. -Excelente, ustedes digan donde quieren que vayamos y nosotros estamos de acuerdo-, a Chen le encanta todo lo que queramos hacer, siempre y que haya enchiladas, tamales y frijoles, jajajaja rieron de buena gana.

Los siguientes días fueron con la familia, a varios lugares y el esposo de la bella Mía estaba super contento, por la amabilidad de la familia y el trato de las personas, y de los lugares que visitaban.

Se organizaron y gritaron entusiasmados, síííii eso sería genial comentaron, además de que podemos, pasar también al rancho de la tía Juliana, que quedó viuda hace más de un año. -No sale porque está enferma del corazón, le va a dar gusto mirarte-.

-Sólo recuerden que el domingo, es el clásico dijo Fidel-, y por nada del mundo podemos fallar, ya tengo los boletos.

-Te gusta el futbol soccer Chen?-. Sí claro que me gusta.
-Este domingo es el clásico y vamos a ir todos al estadio-.
-Perfecto; si en el estadio venden tamales-.
-Claro que sí, y si nó nosotros pasamos a comprarlos al mercado de San Juan de Dios, que es de pasada al estadio Jalisco; hacen unos tamalitos riquísimos, de carne de puerco, con chile verde, y le ponen frijoles y arroz al lado. Nos vamos a dar un "atracón jaja"-.
-Que quiere decir "atracón, le pregunta a Mía. Quiere decir que van a "tragar hasta que se harten"-, jajaja, todos rieron de buena gana, todos en la familia Alvarez eran alegres y positivos.
-Excelente dijo Chen, yo me apunto-, jajaja
-Ya se hizo de los Alvarez dijeron todos-.
Mía estaba contenta, aunque a ratos le llegaba la melancolía al recordar a su padre y hermanos, fallecidos en aquel trágico accidente en la carretera a Puerto Vallarta, pero se prometió a sí misma y aconsejada por su mentor Chen, que lo mejor era recordarlos con alegría; porque ellos estaban en un lugar mucho mejor, y que la estaban obsevando y muy felices al mirarla contenta.

El Domingo del clásico, amaneció con un cielo despejado y un sol radiante. La familia Wei Millett y Álvarez estaban contentas de estar juntas. El estadio Jalisco estaba lleno de colores y pasión. -Mía le señaló los vendedores ambulantes. ¿Ves esos puestos? Ahí venden tamales. ¡Es hora del atracón, jejeje!- Chen Wei sonrió. Entonces, vamos por esos tamalitos riquísimos. Se unieron a la fila y pronto tuvieron en sus manos los tamales humeantes.

En el descanso, Mía miró a Chen Wei. -¿Qué opinas del partido?- -Es como la vida misma. A veces ganamos, a veces perdemos, pero siempre seguimos adelante-. El segundo tiempo fue aún más emocionante. El marcador se mantuvo igual, y los corazones latían al ritmo de la pelota. Cuando sonó el pitido final, la porra oficial estalló en júbilo, ganaron las Chivas del Guadalajara, y los Álvarez se abrazaron, y Chen Wei se sintió parte de algo más grande.

Mía le agradeció a Chen Wei. "Gracias por acompañarnos. Eres como un engranaje importante en nuestra familia". Chen Wei asintió. "Y ustedes son como los tictacs que dan sentido a mi vida". Después fueron al rancho de la tía Juliana. Chen le comentó. "Los corazones enfermos también pueden encontrar alegría", pensó. "Como un reloj que sigue marcando el tiempo".

Y así, la familia Wei Millett y Álvarez, compartieron risas, tamales y momentos inolvidables. -Revisaron su correo, Mía y Chen, ya tenían una invitación para que dieran una conferencia de motivación-.

Capítulo 66

Mientras tanto, en el mundo de los negocios, Mía y Chen Wei fueron invitados a participar en conferencias de emprendedores en varias ciudades de México. Su historia de éxito y su enfoque innovador en los negocios capturaron la atención de los organizadores de eventos, quienes vieron en la pareja un ejemplo inspirador de trabajo en equipo y determinación. Con humildad y gratitud, Mía y Chen Wei aceptaron las invitaciones, listos para compartir su experiencia y conocimiento con otros emprendedores que buscaban alcanzar sus sueños.

Juntos, se prepararon para enfrentar las multitudes y compartir su historia con el mundo, confiados en que su mensaje de motivacion, de amor, servicio y perseverancia; que resonaría en los corazones de aquellos que los escucharan. Aceptaron porque a Mía le gustaba ayudar, no porque necesitaran dinero. La condición era que las entradas fueran donadas a Organizaciones que ayuden a los pobres. Mientras se embarcaban en esta nueva aventura juntos, Mía y Chen Wei se dieron cuenta de que estaban listos para enfrentar cualquier desafío que la vida les presentara. Su lema "Primero los pobres".

Se prometieron que a los lugares que los invitaran para alguna conferencia, lo primero que harían, era ir a las playas y lugares de recreación. La primer conferencia la darían en Cancún; en una semana, así es de que decidieron ir a las montañas del pueblo.

La primera conferencia la programaron en el bello y paradisiaco Puerto de Cancun; Las entradas se agotaron el primer día en que la anunciaron. -Las ganancias eran una donación a una organización sin fines de lucro-. Todo mundo quería conocer y escuchar a la bella influencer Mía Mayte Millett. Las redes, apoyaban todo lo que hacía; "El tema: La Cenicienta de las redes sociales"

Después de su exitosa participación en las conferencia de emprendedores, Mía y Chen Wei sintieron, un profundo vínculo con la cultura y la gente de Quintana Roo, México. Impresionados por la calidez, la pasión, y la energía que encontraron de sus habitantes, comenzaron a considerar la idea de establecerse en la región por un tiempo y explorar todo lo que tenía para ofrecer.

Al discutir la idea, Mía y Chen compartieron su entusiasmo. Juntos decidieron, que sería una oportunidad única para sumergirse en la riqueza cultural y las oportunidades empresariales que México tenía para ofrecer. Con una sonrisa en su rostro, Chen Wei les comentó a los Alverez; la decisión de quedarse en el país, por un tiempo y emprender una nueva aventura junto a Mía.

La atmósfera en Cancún, México, seguía cargada por la emoción y participación de Mía y Chen cuando subieron al escenario para compartir sus conocimientos y experiencias con la audiencia. Cada palabra que pronunciaron, el público quedaba inspirado y motivado, sintiendo la pasión y la determinación que irradiaba Mía.

Capítulo 67

En Cancún nunca se había presentado, un espectáculo maravilloso de la magnitud de esta conferencia. -Fuegos artificiales traídos directamente de China-, costeados por Chen Wei, heredero único del tercer hombre más rico de China. A los 30 años quedó viudo, cuando un borracho los embistió de costado muriendo su esposa en el acto.

Después de la conferencia, Mía y Chen se encontraron rodeados de admiradores ansiosos por conocerlos, y expresarles su gratitud por haber compartido su experiencia y sabiduría. Entre abrazos y palabras de aliento, Mía y Chen se dieron cuenta del impacto positivo que estaban teniendo en la vida de las personas, y se sintieron profundamente agradecidos, por la oportunidad de hacer una diferencia en el mundo. -Subieron un video del evento, que se hizo viral, con más de dos millones de visitas-.

Chen Wei le propone quedarse en México, un tiempo largo para hacer unos proyectos que tenía en mente. la idea fué recibida con entusiasmo y alegría por Mía, quien compartió su entusiasmo y apoyo incondicional.

Juntos, decidieron que esta nueva aventura, sería una oportunidad única, para explorar la riqueza cultural y las costumbres, que tenían los pueblos. Con una sonrisa en el rostro y el corazón alegre, Mía Mayte Millett y Chen Wei, se embarcaron en esta nueva etapa de sus vidas, listos para enfrentar los desafíos que encontraran en el camino.

La Conferencia en El Palacio de los Deportes
en la Ciudad de México

"La influencer Mía Mayte Millett, que empezó su emprendimiento con poco capital, y el millonario Chen Wei". El éxito fué rotundo. Las benditas redes sociales inundaban con elogios a la bella Mía Mayte Millett, que fué proclamada por sus fans como; -La Cenicienta de las Redes-. -Los likes eran de millones apoyando a Mía-.

Mientras tanto que exploraban más de México; se sumergieron en la riqueza cultural y la diversidad de la región. Desde las playas doradas de la Riviera Maya hasta las coloridas calles de Ciudad de México, y el norte del país; cada lugar les ofrecía una nueva perspectiva y una oportunidad para aprender y crecer juntos.

Su presencia en la región no pasó desapercibida, Mía y Chen se convirtieron en referentes de motivación, Su influencia se extendía más allá de las redes sociales y las conferencias, impactando positivamente las comunidades locales y atrayendo la atención de medios de comunicación de todo el mundo.

A medida que su reputación crecía, Mía y Chen se encontraron liderando proyectos innovadores que promovían el desarrollo económico y social en la región. Desde iniciativas para apoyar a emprendedores locales; hasta programas de educación para jóvenes, su compromiso; con el lema "Primero los pobres".

Más allá de sus logros profesionales, lo más importante para Mía y Chen era el vínculo especial que compartían. A medida que enfrentaban los desafíos y celebraban los éxitos juntos, su relación se fortalecía cada vez más, convirtiéndose en un pilar de apoyo mutuo en su viaje de descubrimiento y crecimiento personal.

Y así, mientras el sol se ponía en el horizonte; Mía y Chen miraban hacia el futuro con esperanza. Juntos, sabían que podían superar cualquier obstáculo y convertir sus sueños en realidad, dejando un legado duradero que inspiraría a generaciones futuras a seguir sus pasos hacia el éxito. La invitación a Mei Ling y Wang Song.

Después de una serie exitosa de conferencias en México, Mía y Chen invitaron a Mei Ling y Wang Song, quienes vivían en Shanghái, a unirse a ellos en México; para profundizar sus lazos de amistad y, así como para explorar más a fondo la riqueza cultural y las oportunidades empresariales que la región tenía para ofrecer.

Mei Ling y Wang Song, aceptaron la invitación con entusiasmo, emocionados por la perspectiva de pasar tiempo con sus amigos en un entorno nuevo y emocionante. Juntos planeaban disfrutar de días llenos de aventuras, explorando las calles coloridas de los pueblos, y las ciudades de México, saboreando la deliciosa gastronomía local y sumergiéndose en la vibrante vida cultural de la región. "Para que disfruten los tamales y enchiladas con arroz y frijoles, comentaba Chen, y darnos un "atracón", jajaja rieron".

Capítulo 68

-En su estancia en México, se les unió Verónica Alvarez, la prima que se llevaba mejor con Mía, como su asistente-. Habían sido invitados a varias conferencias motivacionales y a varios proyectos humanitarios; compartiendo sus conocimientos y experiencias con la comunidad local. Trabajarían en iniciativas para brindar atención médica, educación y oportunidades de desarrollo, a las comunidades más necesitadas de la región.

Recordaron cuando Mía fue secuestrada; mientras participaba en un evento benéfico en Beijing. Mei Ling y Wang Song se unieron en un esfuerzo conjunto para rescatarla.

Después de días de intensa búsqueda y angustia, lograron localizar y rescatar a Mía, quien estaba, agradecida y emocionada de reunirse con sus amigos. El incidente fortaleció, aún más los lazos entre ellos y reafirmó su compromiso, mutuo de apoyarse y protegerse unos a otros en cualquier situación.

A medida que regresaban a México, invitados por Mía y Chen, la increíble pareja de Mei Ling y Wang Song, se sentían más unidos que nunca. Listos para enfrentar cualquier desafío, que se les presentara en su contínuo viaje de amistad, colaboración y servicio a los demás. Juntos, sabían que podían superar cualquier obstáculo y hacer del mundo un lugar mejor para todos.

Las autoridades de México, agradecieron el proyecto de la bella influencer Mía Mayte Millett y sus socios, incluída la otoñal y no menos bella, Mei Ling. Les ofrecieron todo tipo de estructura y apoyo logístico para que desarrollaran sus proyectos. deseaban y querían ayudar, sobretodo a los pueblos indígenas.

Decidieron canalizar esa experiencia en su trabajo humanitario, redoblando sus esfuerzos para ayudar a aquellos que más lo necesitaban. Recibieron una invitación de una Organización de Guatemala, pidiendoles ayuda; con programas de asistencia médica, para las zonas más pobres. Decidieron ir y Mientras continuaban con su visita, una sombra oscura comenzó a acecharlos. Notaron la presencia de extraños que los seguían en las calles. El temor se apoderó de ellos, pero también fortaleció su determinación de enfrentar cualquier desafío que se les presentara.

La situación alcanzó su punto máximo cuando Mei Ling desapareció misteriosamente una noche. Mía, Chen y Wang Song se lanzaron a una frenética búsqueda, enfrentándose a peligros desconocidos; mientras seguían las escasas pistas que tenían a su disposición. Cada minuto que pasaba sin noticias de Mei Ling aumentaba la desesperación y el miedo. -Inmediatamente Mía subió informacion a su blog, pidiendo ayuda a sus seguidores-. -Las respuestas llegaron inmediatamente-. "Un fan le mandó un mensaje; no te preocupes Mía, yó les voy a ayudar". -Tal ves era un fanático que quería quedar bien con Mía, y no pusieron atención-.

Capítulo 69

El Misterioso personaje que ayudó al Rescate

Dos días después, de incertidumbre y de angustiosa búsqueda, Mei Ling fue finalmente encontrada, herida levemente pero viva, en un lugar remoto en las afueras de la ciudad. Había sido secuestrada por un grupo de criminales que buscaban un rescate cuantioso, pero un personaje misterioso y desconocido; la rescató justo a tiempo, desapareciendo en las sombras, antes de que pudieran identificarlo.

El salvador anónimo se convirtió en una leyenda entre Mía, Chen, Mei Ling y Wang Song. -Mei Ling, lo llamaba su "ángel salvador", pero nadie sabía quién era realmente-. Con el corazón lleno de gratitud, Wang Song ofreció una recompensa para identificar al misterioso héroe, deseando agradecerle personalmente por salvar a Mei Ling de una tragedia segura; buscaban respuestas.

"Mía subió otro video que se hizo viral inmediatamente; pidiendo ayuda a sus fans, para descubrir la identidad del enigmático héroe". Recibió miles de comentarios de apoyo. ¿Porqué ayudó al rescate?.¿Era un ex-policía?. ¿Un agente de la CIA?. Quien era y que nacionalidad tenía. Mei lo describió como latino, nó le pudo mirar el rostro. Con la ayuda de sus recursos y conexiones, se embarcaron, en una búsqueda intensiva, para encontrar pistas sobre quién podría ser el misterioso rescatador. "El angel salvador".

Capítulo 70

La búsqueda del angel salvador

Después del rescate de Mei Ling, Mía, Chen y Wang Song se sintieron profundamente agradecidos hacia el misterioso personaje que había logrado salvarla. Determinados a encontrarlo y expresar su gratitud, se embarcaron en una búsqueda frenética para descubrir la identidad del "angel salvador".

Recorrieron las calles de la ciudad, entrevistando a testigos y revisando las grabaciones de las cámaras de seguridad en busca de pistas que pudieran llevarlos hasta él. Cada pista los acercaba un poco más al misterioso individuo, pero siempre parecía estar un paso adelante, dejando solo huellas fugaces de su presencia.

Finalmente, después de días de búsqueda intensa, Mía recibió un correo con una pista que los llevó a un viejo almacén abandonado en las afueras de la ciudad. El ángel salvador no quería publicidad. Con el corazón latiendo con fuerza en sus pechos, Mía, Chen y Wang Song se adentraron en la oscuridad, sin saber qué esperar.

Revelaciones en la obscuridad, en el interior del almacén, encontraron al misterioso personaje esperándolos en la penumbra. Con su pasamontañas aún puesto, el hombre se dio la vuelta lentamente para enfrentarlos, revelando una mirada penetrante y determinada.

"¿Quién eres tú?"; Porqué te expusiste al salvar a mi esposa Mei Ling, quiero recompensarte. Preguntó Wang Song, con la voz cargada de emoción.

El hombre se quitó el pasamontañas lentamente, revelando un rostro familiar pero sorprendente. Era Miguel Angelo, un viejón mexicano, que había conocido a Mía, Chen y Mei Ling durante su visita a Shanghai años atrás.

-"¿Miguel Angelo?", exclamó Mía, incrédula por la revelación. Miguel Angelo, asintió con una sonrisa, explicando cómo había seguido de cerca el repentino secuestro de Mei Ling y había sentido la necesidad de intervenir para ayudar. Yo tengo una empresa que distribuye ropa de mayoreo en México y Centro América y estuve en un evento en Shangai. No pude hacer nada cuando tu secuestro porque estaba enfermo.

Antes de ser comerciante mayorista, fuí agente del gobierno y participé en muchas acciones en Afganistán, Irak y otros países. Fuimos entrenados y nos constituímos como grupo Elite en rescate de prisioneros y secuestrados por esos gobiernos.

Como soy un especialista en destruir grupos terroristas. Esto fué pan comido: -Piece of cake, jajaja rieron todos-. Mi entrenamiento en técnicas de autodefensa, y mi experiencia en situaciones de alto riesgo, por eso me fué facil infiltrarme, en el grupo de criminales y había logrado el rescate de Mei Ling, desde las sombras.

Capítulo 71

Después de una conferencia, en Medellín, Colombia: Mía Mayte Millett y su equipo se tomaron un momento para reflexionar sobre lo lejos que habían llegado y lo mucho que habían logrado juntos. Aunque sabían que siempre habría nuevos desafíos en el horizonte, también sabían que tenían el poder y la determinación para superarlos.

Con un sentido de propósito renovado, Mía, Chen, Mei Ling, Wang Song, se despidieron de Medellín. Sabían que seguirían inspirando a otros a unirse a su causa y a hacer del mundo un lugar mejor para todos. Juntos, sabían que podían lograr grandes cosas, y dejar un legado duradero de amor, y prosperidad. La historia da un giro dramático

Mientras estaban en Medellín, Chen Wei comenzó a experimentar síntomas preocupantes de fatiga y malestar general. Al principio, pensaron que era sólo, el agotamiento por las conferencias y el trabajo humanitario, pero cuando los síntomas empeoraron, decidieron regresar a Beijing, China; para buscar atención médica adecuada.

Una vez en Beijing, la salud de Chen Wei se deterioró rápidamente. Los médicos no podían determinar la causa exacta de su enfermedad. Mía le pidió que fueran a USA para que lo vieran los mejores especialistas del mundo, pero Chen no quiso. Mía se aferraba a la esperanza de que Chen Wei se recuperara pronto, pero la incertidumbre y el miedo la atormentaban constantemente.

Capítulo 72

Mientras tanto, Julio César, el amor platónico de Mía, se puso en contacto con ella después de enterarse de la situación de Chen Wei. Expresó su deseo de hablar con Mía y reconciliarse. A medida que la salud de Chen Wei empeoraba, Mía se enfrentaba a una decisión difícil. Por un lado, estaba comprometida con Chen Wei y quería estar a su lado durante su enfermedad.

Por otro lado, la presencia de Julio César, que la inquietaba de sobremanera. -Le pidió que se olvidara de todo, no quiero hablar contigo, por favor aléjate de mi vida-. Con el corazón dividido y la mente llena de dudas, Mía se encontraba en una encrucijada.

Mientras Mía lidiaba, con la difícil situación de Chen Wei y la inesperada reaparición de Julio César. La cruel Maxanne, la antigua compañera de escuela que siempre había sentido envidia de Mía, se enteró de la situación y vió una oportunidad para sembrar discordia.

Con su astucia y malicia habitual, Maxanne comenzó a difundir rumores y chismes, sobre la relación entre Mía y Julio César, insinuando que su regreso a Beijing, podría estar relacionado con la enfermedad de Chen Wei. Con cada palabra venenosa que pronunciaba Maxanne, alimentaba las dudas y los temores de Mía, sembrando la semilla de la desconfianza en su mente, y con temor y desconfianza le pidió a Julio César, que no fuera a Beijing.

Mía, abrumada por la situación de Chen Wei, y sus propias luchas internas, se encontró cada vez más vulnerable a las manipulaciones de Maxanne. A pesar de sus esfuerzos por mantenerse firme, y centrada en cuidar a su amigo, mentor y esposo Chen Wei. Las dudas comenzaron a acecharla, oscureciendo su mente y nublando su juicio y entendimiento.

Mientras tanto, la salud de Chen Wei continuaba deteriorándose, y los médicos, seguían sin poder identificar la causa de su enfermedad. La bella influencer y ahora esposa Mía, se sentía cada vez más impotente y desesperada, preguntándose si alguna vez encontrarían una cura, que pudiera salvar la vida de su amado esposo.

En medio de la confusión y el caos, Maxanne tejía su red de engaños y manipulaciones, alimentando el fuego del conflicto y la desconfianza. Un nuevo drama acecha la vida de la bella influencer Mía Mayte Millett. -Subió un video llorando a su canal de Youtube, pidiendo oraciones por su esposo-. Recibió más de dos millones de likes y palabras de apoyo y de aliento, estamos contigo no te desanimes.

Un hombre de valor, que ayudaba a los demás siempre sin mirar su condición económica, se encontraba gravemente enfermo, y su vida se extinguía lentamente. Los médicos luchaban por encontrar una cura, pero sus esfuerzos parecían ser en vano. Finalmente, después de una larga y agotadora batalla, Chen Wei falleció, dejando a Mía sumida en el dolor y la desesperación.

Capítulo 73

En medio de su duelo, Mía se encontró más vulnerable que nunca a las maquinaciones de Maxanne, la antigua compañera de escuela, que siempre había albergado, resentimiento y envidia hacia ella. Maxanne aprovechó la vulnerabilidad de Mía; para intensificar su campaña de difamación, sembrando dudas sobre su relación con Chen Wei y alimentando; la percepción pública de que ella era responsable de su muerte.

Mía, devastada, por la pérdida de su esposo y atormentada por las acusaciones infundadas de Maxanne, se encontró en una situación desesperada. A pesar de sus esfuerzos, por mantenerse fuerte, la carga del dolor, era abrumadora, y se preguntaba si alguna vez podría encontrar la paz.

Maxanne continuaba tejiendo su red de engaños y manipulaciones, buscando desesperadamente, aprovecharse de la vulnerabilidad de la increíble y bella influencer, Mía Mayte Millett; y reclamar lo que ella consideraba suyo por derecho. -Subió contenido a su blog para pedir ayuda a sus millones de seguidores-: Estamos contigo Cenicienta.

En medio del caos y la confusión, Mía se encontraba atrapada en una espiral descendente, de dolor y la desesperación, incapaz de encontrar una salida a su oscura y tortuosa realidad. A medida que el mundo a su alrededor se desmoronaba, se preguntaba si encontraría la fuerza para enfrentar la tragedia y reclamar su propia felicidad.

El Vuelo de la Mariposa

Que debo cambiar; lo meditaba dia y noche; porqué lo recuerdo estos días con mas intensidad. ¿Es normal?. ¿Estoy haciendo algo mal?. Mía luchaba por encontrar su camino en medio de la oscuridad que la rodeaba. Maxanne intensificaba su campaña de difamación, sembrando rumores cada vez más viles y manipulando a aquellos que estaban dispuestos a escuchar sus mentiras.

Mía se encontraba cada vez más aislada, rodeada de sospechas y hostilidad por todas partes. -No quería subir historias de dolor a sus redes; pero sus fans le mandaban correos afirmándo que ellos sabían que ella quería a Chen Wei-. En medio de la confusión y el dolor, una serie de eventos extraños comenzaron a suceder. Mía recibía llamadas anónimas, en las que solo se escuchaba un susurro siniestro y risas burlonas intangibles, en el teléfono de casa y en su celular.

Lo que nadie sabía es que Chen Wei, cuando se empezó a sentir la gravedad, de su enfermedad, hizo una carta a sus abogados y a sus amigos; Wang Song y Mei Ling; en la cual agradecía todo lo buena y bondadosa que siempre había sido su joven esposa, Mía Mayte Millett; y cómo lo involucró con su lema "Primero los pobres". Maxanne, siempre en las sombras, observaba cada movimiento de Mía. Sabía que tenía a Mía exactamente donde quería: vulnerable, aislada y desesperada. No tenía intención de dejarla escapar fácilmente.

La Carta

En la carta, Chen Wei revelaba detalles, íntimos de su vida junto a Mía Mayte Millett, destacando su dedicación incansable a la ayuda humanitaria y su inquebrantable compromiso, con los menos afortunados. Elogiaba su fuerza, su valentía y su generosidad, y expresaba su profundo agradecimiento por haber tenido la suerte de tenerla como; amiga, esposa y compañera.

Lo que nadie sabía era que la carta también contenía una revelación sorprendente. En las últimas páginas de la carta, revelaba que había descubierto una conspiración, que amenazaba con destruir la reputación de Mía Mayte Millett, y poner en peligro su vida. Le pedía a Mei Ling que subiera la carta a las redes sociales, que se hiciera pública. Que los fans de Mía supieran la verdad.

En medio del caos, Mía se propone que va a seguir adelante honrando la memoria, de un honesto y buen hombre Chen Wei. la determinación de Mía por hacer frente a la adversidad se convierte en una fuente de inspiración para aquellos que buscan esperanza.

Chen Wei había estado investigando en secreto, recopilando pruebas y pistas, que apuntaban hacia una red de corrupción y manipulación que se extendía mucho más allá de lo que cualquiera de ellos podría haber imaginado. Había encontrado conexiones con figuras poderosas, Y eso significaba destruir a Mía en el proceso.

Capítulo 74

En su último aliento, Chen Wei, imploraba a sus amigos que protegieran a Mía y descubrieran la verdad, detrás de la conspiración que se cernía sobre ella. Sabía que Mía estaba en grave peligro, y les rogaba que hicieran todo lo posible, para mantenerla a salvo.

Mientras Wang Song y Mei Ling leían la carta con creciente horror y determinación, se dieron cuenta de que estaban, ante una batalla épica entre el bien y el mal, una batalla en la que el destino de Mía colgaba en la balanza. Con el conocimiento de la verdad a su disposición, se prepararon para enfrentarse, a la oscuridad que se cernía sobre ellos, sin saber qué horrores podrían descubrir en su búsqueda de justicia. Mientras tanto la bella influencer, Mía se ponía de acuerdo con la directora de la Fundación; Mónika Ollinger, para darle instrucciones, que aumentara la ayuda a otras aldeas pobres por orden de Chen Wei; Tendrían acceso a fondos de $ 500.000.00.

Estaba triste y melancólica; recordaba este poema que le leía su madre: *"El fuego del emprendimiento"* de Octavio Paz *"El emprendimiento es un fuego eterno, que arde en el corazón de los valientes. Es la chispa que enciende la ideas, y las convierte en acciones concretas. El fuego del emprendimiento no se apaga, aunque los vientos soplen en contra. Es una llama que ilumina el camino, y guía hacia un futuro lleno de éxito y satisfacción.".* -Las redes la apoyaban; ánimo Cenicienta, te amamos, y estamos contigo-.

Entran en acción Mei Ling y Wang Song

En las vidas de los emprendedoros siempre hay altibajos de toda índole, recordándoles que el emprendimiento no es fácil ni difícil. Que la motivación es siempre de dentro hacia fuera. Mía siempre que se sentía deprimida o desalentada recordaba a uno de los líderes más carismáticos de todos los tiempos; Mahatma Ghandhi "Aprende como si fueras a vivir por siempre, y vive como si fueras a morir mañana".

Los retos que enfrentamos todos los días; nos hace crecer y creer en nosotros mismos. A superar los obstáculos, y a perseguir nuestros sueños con perseverancia y disciplina. Nos recuerdan que el camino del emprendedor no es fácil, cada desafío nos fortalece y nos acerca más a nuestras metas.

Así que, si estás en la búsqueda, de inspiración para emprender, no dudes en recurrir a ayudar; a una familia que necesite comida. Las motivacion de tu corazón, te recordará que tienes el poder de convertir tus sueños en realidad; tu determinación es la fuerza que te llevará a escribir tu historia de abundancia; los pájaros no cantan porque tengan una respuesta, cantan porque tienen una canción.

Siempre aparecerán obstáculos; algunos serán desalentadores y otros serán verdaderas pruebas. Y cuando los podemos superar, nos damos cuenta, que somos capaces de lograr lo imposible. Para esos días en que nos agobia el desánimo, podemos recurrir a la oración y protección de Nuestro Padre Celestial, tal como lo concibamos.

Capítulo 75

Mientras tanto, Wang Song y Mei Ling continuaban su incansable búsqueda de la verdad, siguiendo las pistas dejadas por Chen Wei y enfrentándose a peligros cada vez mayores en su camino. Además de los enemigos, que estaban en prisión por el secuestro de Mía; estaba Maxanne con sus deseos de venganza, que quería mirar a Mía destruída y desprestigiada.

En medio de la incertidumbre que la rodeaba, Mía se aferraba a la esperanza de que Wang Song y Mei Ling descubrieran la verdad y la protegieran del mal que la acechaba. Pero sabía que el camino por delante sería difícil y lleno de peligros desconocidos, y oraba para que su valiente equipo pudiera enfrentarse a la oscuridad y traer la luz de nuevo a su vida.

En los días que siguieron, la joven y bella influencer Mía Mayte Millett, encontró consuelo en el apoyo inquebrantable de sus amigos y en la certeza de que Chen Wei viviría en su corazón para siempre. A medida que el tiempo pasaba, encontró fuerza en su dolor y se comprometió a honrar el legado de Chen Wei.

Wang Song y Mei Ling, firmes a la promesa que le hicieron a su amigo; se convirtieron en guardianes de la justicia, asegurándose de que todos los responsables de la conspiración fueran llevados ante la ley y que la verdad fuera expuesta al mundo.

Capítulo 76

El primer amor y la primera ilusión, de la bella influencer Mía Mayte Millett; Julio César, respetando el deseo de ella, se mantuvo en silencio, pero siempre estuvo en sus pensamientos. Aunque separados por la distancia y el tiempo, sus corazones seguían unidos por un vínculo que el destino nunca podría romper. Y mientras Mía continuaba su trabajo en Beijing, Julio César se embarcaba en su propia búsqueda de redención y significado, en Los Angeles, California.

Y así, mientras el sol se ponía en un capítulo de sus vidas, Mía y sus amigos se consolaron, con la esperanza de un futuro lleno de nuevas aventuras y desafíos. Sabían que sus caminos, estaban entrelazados para ayudar a los desvalídos; y que mientras estuvieran unidos, no habría nada que no pudieran superar.

El viaje de Mía y sus amigos está lejos de terminar. Sus vidas seguirán entrelazadas, en una red de servicio al más desvalído, el amor a sus semejantes, la amistad verdadera, una cosa es segura: mientras sus amigos, tengan el coraje de enfrentar los desafíos juntos, nada podrá detenerlos.

Recordaba la frase de Martin Luther King, "Hemos aprendido a volar como los pájaros, a nadar como los peces, pero no hemos aprendido el arte de vivir juntos, como hermanos". Lideró el movimiento por los derechos civiles en Estados Unidos.

A pesar de las revelaciones y los desafíos superados, la sombra de Maxanne seguía acechando esperando para atacar. Mía, aún en duelo por la pérdida de Chen Wei, se encontraba cada vez más atrapada en sus garras.

Mientras tanto, Julio César, ignorante de los oscuros planes de Maxanne, seguía siendo manipulado por sus artimañas. Sin saberlo, se veía arrastrado hacia un peligro que no podía entender, mientras ella tejía una red de mentiras destinadas a separarlo de Mía para siempre. En medio del caos y la confusión, Mía se encontraba cada vez más sola y vulnerable. Maxanne se acercaba un paso más a su objetivo final: destruir la imagen, de la bella influencer. En las redes le llegaban miles de comentarios; Siempre estaremos apoyándote querida cenicienta, no te rindas.

Ella siempre recordaba las palabras de su mentor y esposo fallecido Chen Wei, quién las escuchó de un motivador; "Los que se rinden y dejan olvidado lo que han construido con mucho esfuerzo; no merecen el premio de los campeones". Algunas veces es bueno saber rendirse, para analizar porqué nos pasó esa situación, que en muchas ocasiones fué por falta de sabiduría y determinación.

Otros ante los retos muestran fuerza de voluntad, y sacan a relucir toda su energía, para sobreponerse ante los obstáculos que se presenten. Muchos de nosotros, nos encontramos en este segundo grupo. Nosotros, a la hora levantarnos y de reinventarnos, lo hacemos con más fuerza y determinación.

Capítulo 77

La ciudad de Beijing parecía más triste y sombría que nunca, un buen hombre había partido, dejando un corazón triste y desolado; Mía Mayte Millett, se sentía más sola que nunca. En las redes sociales se desató, una ola de mensajes de aliento, para la bella influencer y para rendirle un homenaje póstumo a Chen Wei. Mía no podía creer la cantidad de fans que tenía su mentor, amigo y esposo. Agradeció los videos y comentarios de sus seguidores, pidiendoles sus oraciones por él.

En su hora más oscura, Mía no estaba sola. Con el recuerdo de Chen Wei latente, se preparaba para enfrentarse a los retos que tendría por delante y defender lo que más quería. Sabía que el camino por delante sería difícil y lleno de peligros desconocidos, pero estaba decidida a luchar hasta el final por su felicidad y poder continuar con su Fundación y su programa de ayuda.

Y así, mientras el sol se ponía en un día lleno de incertidumbre y peligro, Mía se preparaba para enfrentar su destino con valentía y determinación. Porque sabía que, incluso en la oscuridad más profunda, la luz de la verdad y el amor siempre prevalecería.

El viaje de Mía y sus amigos está lejos de terminar. Sus vidas seguirán entrelazadas en una red de intrigas y de emoción, y quién sabe qué sorpresas les depara el destino en el futuro.

Te amamos Mía, eres una campeona

La Recuperación de Beijing del virus mortal, y como se recuperó la población de más vulnerable de China. Mía recuerda que cuando la ciudad se había sumido en la oscuridad, y el virus desconocido, comenzó a propagarse, sembrando el miedo y la incertidumbre en los corazones de sus habitantes; nadie sabía a ciencia cierta que hacer, sólo había que seguir las intrucciones del gobierno.

Durante meses, las calles estuvieron desiertas, los negocios cerrados y el futuro parecía incierto. Con determinación y coraje, los médicos y trabajadores de la salud de Beijing lucharon incansablemente contra el virus. Gracias a sus esfuerzos heroicos y al apoyo del gobierno, la situación comenzó a mejorar lentamente. Se establecieron medidas de control estrictas, se implementaron programas de vacunación masiva y se intensificaron los esfuerzos para brindar atención médica a los afectados.

Pero la verdadera clave para la recuperación de Beijing fué el espíritu de solidaridad y apoyo mutuo que surgió entre sus habitantes. Gracias también al apoyo de la bella influencer Mía Mayte Millett; que en las benditas redes sociales, pidiendo ayuda el mundo se solidarizó, y ayudó en gran manera. La gente se unió para ayudarse unos a otros, compartiendo recursos, brindando apoyo emocional y ofreciendo una mano amiga a los más vulnerables. Los videos que subía Mía a su blog, se hacían virales; Mía estamos contigo; cuenta con nosotros siempre.

Las benditas redes sociales

En medio de este renacer de esperanza, Mía Mayte Millett se destacó como una figura clave en la respuesta ante la crisis. Utilizando su plataforma como influencer y su Fundación sin fines de lucro, se dedicó a ayudar a los más necesitados, proporcionando alimentos, suministros médicos y apoyo emocional a quienes lo necesitaban. -Sus fans siempre la animaban a seguir adelante, eres una verdadera campeona, y nos has inspirado siempre-.

Desde la distribución de kits de higiene hasta la organización de campañas de concientización sobre la importancia de las medidas de prevención, Mía se convirtió en un faro de esperanza e inspiración en medio de la adversidad. Su dedicación incansable y su compromiso con la comunidad fueron fundamentales para impulsar la recuperación de Beijing y brindar consuelo y apoyo a aquellos que más lo necesitaban.

Y así, mientras la ciudad se recuperaba lentamente de los estragos del virus, también se levantaba más fuerte y unida que nunca. Con el espíritu de solidaridad y determinación como su guía, Beijing miraba hacia el futuro con optimismo y esperanza.

Esta historia destaca la resiliencia y la capacidad de recuperación de Beijing y el país de China en tiempos de crisis, así como el papel crucial que desempeñó, la bella juvenil influencer, en la respuesta ante la emergencia.

Capítulo 78

La ciudad de Beijing se despertaba lentamente bajo la suave luz del amanecer, como si el sol mismo temiera perturbar los secretos que yacían en las calles. Las sombras se alargaban, extendiéndose como dedos fríos sobre los edificios y las almas de sus habitantes. La aterradora experiencia del virus mortal aún estaba fresca en la memoria de todos, como una herida que se niega a sanar.

Desde la trágica muerte de Chen Wei, su vida había cambiado de manera irrevocable. Los sueños que tejieron juntos, todo se había desvanecido en un instante cruel. Aunque había encontrado consuelo en el apoyo de sus amigos Mei Ling y Wang Song, aún luchaba por encontrar paz en medio del dolor que la envolvía.

El sonido de su teléfono interrumpió sus pensamientos, sacándola de su ensimismamiento. Al contestar, se encontró con la voz ansiosa de Mei Ling al otro lado de la línea. Las palabras que pronunció sacudirían su mundo una vez más, como un terremoto que amenaza con derrumbar todo lo que queda en pie. "Mía, necesitamos verte. Hay algo que debes saber".....

Las sombras del pasado se alzaban, amenazantes, y Mía sabía que no podría escapar de ellas por mucho más tiempo. Mía Mayte Millett se levantó, sintiendo el peso del pasado sobre sus hombros. El mundo exterior la esperaba, y ella estaba dispuesta a enfrentarlo.

Intrigada por la urgencia en la voz de su amiga, Mía se apresuró a vestirse y se dirigió hacia el lugar donde Mei Ling le había indicado. Mientras avanzaba por las calles de la ciudad, una sensación de inquietud se apoderaba de ella, como si estuviera a punto de descubrir algo que cambiaría su vida para siempre. Estaba aterrada; ahora que va a pasar, no importa, vamos para adelante.

Al llegar al destino indicado, Mía se encontró con Mei Ling y Wang Song frente a un edificio abandonado, con una expresión de asombro en sus rostros. Sin decir una palabra, la guiaron hacia el interior, donde una sorpresa inesperada la esperaba.

-La casona era una propiedad de Chen Wei, que esperaba ser remodelada-. Atrás de un cuadro, había una caja fuerte, adentro se encontraba un objeto que parecía haber estado esperando su llegada. Con un gesto tembloroso, Mei Ling retiró el polvo. Era un antiguo cofre de madera adornado con intrincados grabados y símbolos misteriosos. -Chen les había indicado la ubicación y la clave para abrir la caja fuerte, y que le entregaran a Mía su contenido-.

Mía contuvo el aliento mientras contemplaba el cofre, sintiendo una extraña sensación de familiaridad que la envolvía. Este objeto contenía secretos que podrían cambiar su vida para siempre. Dentro del cofre había un pergamino sellado y que lo tendrían que abrir, en tres meses después de su muerte. Antes de fallecer le pedía a Mía que estuviera tranquila, que él estaría en un lugar mucho mejor.

Pasado un mes, la luna ascendía en el cielo nocturno de Los Angeles, California, Julio César aguardaba con una mezcla de nerviosismo y emoción. Cada sonido del teléfono lo hacía saltar, esperando que fuera ella al otro lado de la línea. El teléfono sonó, era la voz de Mía, llena de emoción:

-Como estás J. César, como está tu mamá.
-JC le contestó nó, yo no estoy bien; y mi madre está poco mejor, gracias por preguntar-.
 -Contestó Mía, a mí me pasa lo mismo-
-Mía, le dijo Julio César; si por alguna razón, nuestros caminos se separaron, mi amor por tí es sincero-.
-Te prometo hacer hasta lo imposible, para que vuelva a florecer; recuerda que si conozco el amor, es gracias a que te conocí. -Tú siempre fuiste mi motivo de inspiración; le contestó emocinado JC.-.

Bajo la plateada luz de la luna, Julio César se encontraba en el umbral de un nuevo capítulo de su vida. Los susurros del viento parecían llevar consigo los ecos de decisiones pasadas y las promesas del mañana. Hablar con ella, confirmó lo que ya sabía en su corazón; era hora de volar hacia un futuro incierto pero esperanzador. Porque al final, el amor verdadero, es el viaje más extraordinario.

Porque en el corazón de su historia estaba la verdad eterna de que el amor, la amistad y la determinación podían triunfar sobre cualquier obstáculo, y que juntos, eran capaces de alcanzar grandes alturas y lograr cosas asombrosas. -En las redes sólo había una pausa-.

El día de la celebración llegó, y las calles de Beijing se llenaron de vida y color mientras la gente se reunía para celebrar la victoria sobre el virus. Mía, vestida con su mejor atuendo, se unió a la multitud, sintiendo el palpitar del corazón de la ciudad en cada paso que daba. -Con el fin en mente, avanzaría siempre-.

A medida que la celebración se desarrollaba a su alrededor, Mía reflexionaba sobre el viaje que la había llevado hasta ese momento, recordando las lecciones aprendidas y las conexiones formadas durante la crisis, y que la habían transformado de manera profunda. -Subió un video a las redes, y sus fans, más de tres millones; se desbordaron felicitándola y pidiéndole que perdonara a su amor platónico, Julio César-.

Finalmente, mientras observaba los fuegos artificiales iluminar el cielo nocturno, Mía sintió una sensación de paz y renovación inundar su ser. Con un corazón lleno de esperanza y determinación, se comprometió a llevar consigo las lecciones aprendidas y a seguir adelante hacia un futuro que ella misma estaba moldeando. Porque sabía que, aunque el camino por delante pudiera estar lleno de retos y desafíos, también estaba repleto de oportunidades y posibilidades para crecer, aprender y prosperar.

Así mientras la celebración continuaba a su alrededor, Mía contemplaba el nuevo capítulo que se estaba desarrollando en su vida. Con una sonrisa en el rostro y un sentido renovado de propósito en el corazón decidió avanzar, porque sabía que, con el amor y el apoyo de sus amigos, sus fans y seres queridos, no había nada que no pudiera enfrentar ni conquistar.

Mía Mayte Millet, sus fans la llamaban
La Cenicienta de las redes sociales

El tiempo pasó, pero el legado de Chen Wei continuó brillando en cada rincón de la ciudad de Beijing y más allá. Mía Mayte Millett, con determinación y coraje, llevó adelante la Fundación que había creado, y que Chen contribuyó, extendiendo su mano amiga y su ayuda a aquellos que más lo necesitaban. Aunque su corazón aún guardaba el eco de la pérdida, encontró fuerzas en los recuerdos compartidos y en el apoyo inquebrantable de sus seguidores.

Los días se sucedieron entre desafíos y alegrías, con cada amanecer trayendo consigo nuevas oportunidades para hacer el bien y mantener viva la memoria de Chen Wei. Los lazos de amistad que Mía había forjado se fortalecieron con el tiempo, convirtiéndose en un refugio de apoyo mutuo en tiempos de adversidad.

A medida que el sol se ponía en el horizonte, Mía miraba hacia el futuro con esperanza y determinación. Sabía que el camino por delante estaría lleno de altibajos, pero también de oportunidades para crecer, aprender y amar. Con el recuerdo de Chen Wei como guía, estaba lista para enfrentar cualquier desafío de la vida.

Y así, mientras las luces de la ciudad se encendían una vez más, Mía Mayte Millett; la influencer más popular, se aferraba a la certeza de que, aunque el camino fuera difícil, nunca estaría sola. Porque en su corazón, en su memoria y en el amor de quienes la rodeaban, encontraba la fuerza para seguir adelante, iluminando el camino hacia un futuro lleno de promesas y posibilidades.

Mía Mayte Millett, la influencer que emergió como una mariposa de su crisálida digital, ha trazado un viaje que resuena en el alma de la era moderna. Su ascenso, desde los humildes comienzos hasta convertirse en la Cenicienta de las Redes Sociales, es una odisea que captura la esencia de la perseverancia y el poder transformador del amor y la autenticidad. Mía enfrentó cada desafío con la gracia de una bailarina y la fuerza de una guerrera.

Superando obstáculos que parecían insuperables, y en el proceso, ganó no solo el corazón de sus seguidores, sino también el pulso vibrante de una comunidad global. Su viaje, lejos de concluir, se despliega hacia un horizonte infinito, donde el amanecer promete nuevas aventuras y oportunidades sin límites. Con un espíritu que no conoce la derrota, Mía se alza, lista para sumergirse en el océano de posibilidades que aguarda.

El amor, ese hilo dorado que teje su historia, la valentía, que ilumina su camino, y la determinación, que define su esencia, son los pilares que la sostienen en cada nuevo paso que dá. Y así, de la mano de sus amigos y seres queridos, Mía continúa su danza a través de la vida, celebrando cada momento con la promesa de que lo mejor está por venir.

A ti, lector fiel, que has acompañado a Mía en cada vuelo y cada sueño, te extendemos nuestro más profundo agradecimiento. Tu presencia ha sido el viento bajo nuestras alas. Hasta que nos encontremos de nuevo, en la próxima gran celebración de la vida.

La ciudad de Beijing se despertaba lentamente bajo la suave luz del amanecer, como si el sol mismo temiera perturbar los secretos que yacían en las calles. Las sombras se alargaban, extendiéndose como desafíos.

En medio de la bulliciosa metrópoli, Mía Mayte Millett se encontraba en su casa, un refugio solitario en un mundo que parecía haber perdido toda esperanza. El espejo frente a ella reflejaba una figura cansada, ojos hundidos y una mirada que había visto demasiado.

Desde la trágica muerte de Chen Wei, su vida había cambiado de manera irrevocable. El gran cariño que compartieron, los sueños que tejieron juntos; todo se había desvanecido en un instante cruel. Subió contenido a su blog, dándole las gracias a sus fans, y les prometió que nunca cambiaría: Que continuaría con su programa de ayuda "Primero los pobres".

Luchaba por encontrar la paz en medio del dolor que la envolvía. Venían a su mente los consejos de su mentor, amigo y esposo, y como la persuadía a enfrentar los retos; recordaba la forma en que sostenía su mano en las frías noches de invierno. Pero esos recuerdos también traían consigo un sentimiento de pérdida y pesar, recordándole la fragilidad de la vida y la impermanencia de la felicidad.

Julio César, su primer amor; sufría en silencio, se acurrucaba en el alféizar de la ventana. ¿Tendría una oportunidad para demostrar su amor a Mía?

Queridos lectores y lectoras:

Con un profundo respeto, agradecimiento y emoción, es que nos dirigimos a ustedes. Vuestra compañía en este viaje literario ha sido un regalo invaluable. Cada página que han leído, cada personaje que han conocido, ha sido tejido con amor y dedicación.

"La Increíble Historia de MIA MAYTE MILLETT"; la Cenicienta de las redes sociales, ha cobrado vida gracias a su apoyo constante. Vuestras palabras de aliento, vuestras reseñas y vuestro entusiasmo nos han inspirado a seguir adelante. Cada vez que abrimos un nuevo capítulo, imaginamos vuestras sonrisas, vuestras lágrimas y vuestros corazones latiendo al ritmo de las palabras.

Y ahora, con el corazón lleno de gratitud, les anunciamos que estamos preparando el siguiente tomo de esta saga. Los secretos se profundizarán. ¿Qué misterios aguardan en las calles de Beijing? ¿Qué oscuros secretos se esconden en los rincones olvidados?

Muy pronto, volveremos a encontrarnos entre las páginas de "La Increíble Historia de MIA MAYTE MILLETT", de la serie "Amor en las Redes". Mientras tanto, les enviamos un afectuso y cariñoso abrazo virtual, y nuestros más sinceros agradecimientos.

Con inmenso cariño, El equipo de escritura. A.E. Martínez Autor y Angela E. Correctora.

Made in the USA
Las Vegas, NV
30 April 2024